Timur Vermes

U

Das Buch

Ein endloser Reisetag liegt hinter Anke Lohm. Ein Tag mit allem, was die Bahn zu bieten hat: Ausfallende ICEs, überfüllte Ersatzzüge, brütend heiße Abteile. Sie ist verschwitzt, zerzaust, entnervt. Doch jetzt trennen nur noch fünf U-Bahn-Stationen die Lektorin von einer Dusche und dem frisch bezogenen Bett im Gästezimmer ihrer besten Freundin. Und auch, wenn ihr der einzige andere Fahrgast im leeren Zug auf die Nerven geht – beim nächsten Halt will der junge Mann aussteigen, und dann ist endlich, endlich Ruhe. Aber sollte diese nächste Station nicht längst da sein? Und als die zwei Minuten Fahrzeit immer länger werden, ahnt Anke Lohm, dass dies mehr sein könnte als nur eine U-Bahn-Fahrt: der größte Fehler ihres Lebens. Suggestiv erzählt, überraschend und nicht mehr aus der Hand zu legen. Bitte zurücklehnen. Türen schließen. Vorsicht bei der Abfahrt.

Der Autor

Timur Vermes, Jahrgang 1967, Nürnberger, Fürther, Münchner. Studium der Politikwissenschaft und Geschichte in Erlangen. 15 Jahre *Abendzeitung* und *Kölner Express*, fünf Jahre freier Autor für diverse Magazine. Dozent der Astrid-von-Roell-Akademie für Qualitätsjournalismus. Seit 2009 Ghostwriter für 1 Topmodeljuror, 1 Supertalent, 1 Handgepäckkontrolleur, 1 Tatortreiniger, 1 Diktator. Bisher erschienen die Romane »Er ist wieder da« (2012) und »Die Hungrigen und die Satten« (2018).

Timur Vermes

U

PIPER

Mehr über unsere Autorinnen, Autoren und Bücher:
www.piper.de/literatur

Zitatnachweise

—

S. 120:
HAND IN MY POCKET
Musik & Text: Alanis Morissette, Glen Ballard
© Songs Of Universal, Inc., Vanhurst Place Music/
Universal/MCA Music Publishing GmbH
© Hal Leonard

—

S. 128:
LET'S DANCE
Musik & Text: David Bowie
© 1983 Jones Music
Mit freundlicher Genehmigung von Jones Music/
RZO Music Ltd.

Unser Versprechen für mehr Nachhaltigkeit
• Klimaneutrales Produkt
• FSC®-zertifiziertes Papier
• Hergestellt in Europa

FSC www.fsc.org
MIX
Papier aus verantwortungsvollen Quellen
FSC® C014496

ISBN 978-3-492-07104-8

Umschlaggestaltung: Johannes Wiebel | punchdesign
Umschlagabbildung:
Illustration @ Johannes Wiebel | punchdesign
Gesetzt aus der Fago
Satz: Tobias Wantzen, Bremen
Druck und Bindung: GGP Media GmbH, Pößneck
Printed in Germany

Rollkoffer blockiert alle fünf Schritte.
Dann: an ihm zerren.
Könnte genauso mit einem Vierjährigen reisen.
Rollt fünf weitere Schritte – blockiert.
Wegschmeißen. Längst!
Aber: Umwelt.
Haut: klebrig.
Haare: alter Rasierpinsel.
24-Stunden-Deo. Von wegen.
Ins Kabelmikro: »... nee, das ging gleich vollscheiße los. Vom Start weg. Der Erste ist schon ausgefallen. Ersatzlos ... Nein, ohne Begründung. Mehr so: Heute jedoch nicht.«
Kaffee wäre gut.
Da? Zu.
Oder –
Auch zu.
Zu, zu, zu, Zusatzzahl: Closed.
Sogar McDonald's.
»Besuchen Sie in der ›Übergang'szeit‹ unser Containerlokal. Sie befinden sich hier.«

Plus Skizze.
Wo soll das sein?
Wissen die eigentlich, wo sie selber sind?
Wer weiß schon, wo er ist.
»Dann haben sie mir eine Verbindung gesucht,
mit der durftest du zweimal umsteigen. Die Sitzplatzreservierung war natürlich futsch.«
Moment –
Wo jetzt lang?
So viele Richtungen.
Entdecke die Möglichkeiten.
Zu viele Poster.
Maulwurf mit Helm dankt für Verständnis.
Hinweise auf DIN-A4-Papier, vom örtlichen
Nahverkehr.
Von der Tippse per Hand gemalt?
Wussten wohl nicht, dass sie umbauen.
Waren ganz überrascht: »Ach, Frau Huber,
morgen ist ja Baustelle – machen Sie uns schnell
noch ein paar Wegweiser?«
Und dann Frau Huber kreativ. Schere, Klebstoff,
Buntpapier.
Da lang zum »SEV«.
SEV meint »Schienenersatzverkehr«.
Deutsch: Bus.
Weiteres Plakat.
Sagt: erstes Plakat ignorieren.
Danke. Und nu?
Wo ist die scheiß U-Bahn?

Vielleicht da hinten?
Weiter!
»Bis Stuttgart habe ich dann gestanden. Dann wieder umgestiegen, und ab da konnte man sogar sitzen. Dafür war dann die Heizung kaputt.«
Da hinten: kein Weiter.
Rot-weiße Bänder. Spanplatten. Gipssäcke.
Umkehren.
»Geht bei dir wenigstens der Lift?«
Richtung stimmt jetzt besser mal.
Scheiß Unterführungsarchitektur.
Verbesserungsvorschlag: großzügig planieren.
Nur Kackläden.
Koffer einfach mal in so eine Glastür ...
Mit Anlauf.
Und Schmackes.
Das Angenehme mit dem Nützlichen.
Großes Poster.

Halleluja!
Großer Pfeil nach rechts. Wenigstens mal eindeutig.
Oder?
Rechts: ein breiter Gang
oder ein schmalerer Gang
oder eine Treppe.
»Du, ich glaub, ich krieg jetzt einen Schreikrampf.
Ich meld mich nachher.«

Phone wegstecken.
Stille.
Ein Königreich für einen Einheimischen.
Zugluft.
Zugluft und Stille.
Zugluft. Und Stille. Und ein Geräusch.
Chpp, chpp.
Wie von einem Schrubber.
Von weiter hinten.
Frau vor Laden. Bürstet kniend Boden.
Sirup verschüttet?
Zur Frau: dreimal fünf Schritte.
Oder Koffer stehen lassen.
Klaut eh keiner.
Dreckskoffer.
15 Schritte zügig durch. Auch mal schön.
»Verzeihung?«
Schrubbtschrubbtschrubb.
Schrubbt wohl zu laut.
Außerdem klopft da auch noch was.
»Verzeihung? Eine Frage: Wo geht's zur U-Bahn?«
»Da gibt's mehr.«
Mal hochsehen wäre nett.
Andererseits wozu?
Weg zur U-Bahn bleibt gleich.
Aber richtig: welche Linie?
Adresszettel. Manteltasche.
Andere Manteltasche: »U zwo«.
»Fährt jetzt nicht mehr.«

Aha.
Chpp, chpp.
Soso.
Kommt da jetzt noch was?
Schrubbend: »Wo wolln Se'n hin?«
»Bismarckplatz.«
»Geht auch die U8.«
Klopft immer noch. Aus dem Laden.
Nicht mehr gleichmäßig: wack-wack-wack.
Jetzt eher betont. Beinahe verärgert: Wack! *Wack!*
»Danke. Und wie komm ich dann zur U8?«
»Rechts hinter. Beim Kaufhof die Treppe hoch.
Über die Straße, dann wieder runter.«
»Zur U-Bahn geht's die Treppe rauf? Richte ich mich
da nach irgendwelchen Schildern?«
»Nee. Aber so finden Sie's wenigstens.«
Schnelleres Bürsten. Verlorene Zeit aufholen.
Gespräch offenbar beendet.
Klopfen nicht.
Hört sie's nicht?
»Da drinnen klopft was.«
»Und?«
Klingt nahe. Einen Schritt in den Laden.
Ein Stuhl.
Mit Kind. Von hinten. Wohl Mädchen. Nicht sicher.
Hält Puppe an den Beinen. In der Faust.
Drischt Puppenkopf an die Wand.
Wieder. Und wieder. Wack. *Wack!*
Nicht wütend.

Mehr: sorgfältig. Wie Hausaufgabe.
»Da braucht aber jemand viel Aspirin.«
Scherz für Mädchen.
Schrubbend: »Reden Sie nicht mit ihr. Sie ist hässlich.«
»Sie meinen, sie war ungezogen?«
»Nein.« Schrubbstopp.
Sieht sogar hoch: »Ich meine, sie ist hässlich.«
Mädchen auf Stuhl dreht sich um.
Himmel!
Höflich bleiben.
Nicht kränken.
Höflich und freundlich.
Zurück zum Koffer.
Zur U-Bahn.
Das arme Kind!

— — —

Rolltreppe springt an.
U-Bahn schon am Gleis.
Eine U-Bahn.
Richtige Richtung?
Rausfinden. Schnell runter. Schneller runter.
Dreckskoffer.
Tragen? Nicht tragen?
Treten?
Schneller, schneller
Richtige U-Bahn. Und richtige Richtung.

Immerhin.
Und: Fahrer fehlt.
Na dann: Keine Eile.
Entspannt runter. Koffer normalquietsch.
Waggon leer.
Allernächster Vierersitz. Koffer in die Ecke.
Sitzensitzensitzen.
Was ein Tag – **boah!!**
Ist jetzt nicht wahr!
Luft anhalten.
Woher ...?
Der Vierer da drüben.
Über den Boden. Und beide Sitze.
Wer kann so gleichmäßig kotzen?
Hält kein Mensch aus.
Kopf raus!
Luft!!!
Wagen wechseln, Wagen wechseln!
Wie lang bis Abfahrt?
Kein Mensch am Bahnsteig, kein Fahrer.
Anzeige: noch 15 Minuten.
Alles gut.
Tief Luft holen, Koffer raustauchen.
Nächster Waggon.
Wirkt okay.
Vorsichtig durch die Nase – Luft ist rein.
U-Bahn-Luft.
Wieder Vierersitz.
Sitzen.

Rausschauen.
Bahnsteig: leer.
Spät.
Jetzt gleich: schlafen! Duschen und schlafen.
Saubere Füße und frisches Bettzeug und dann –
Mist!
Eine Sache noch. Muss.
Handy.
»Ja, Elke, hör zu, mir ist noch was eingefallen. Brauchst auch nicht zurückrufen. Aber sorg dafür, dass Sigrun morgen ihre Entwürfe abliefert. Sie wird Nachmittag sagen, aber lass dich nicht drauf ein, abgemacht war um zwölf. Und noch eins, wegen Benny: Halt den bitte mal hin. Den nehm ich mir am Dienstag zur Brust. Over and out!«
Wieder was erledigt.
Kopf an die Glasscheibe.
Nur ganz kurz-kurzzzz-
z
z
z
z
z

— — —

Wie spät?
Und wo?
Okay: noch immer Bahnsteig.
Wie spät???
Abfahrt: vorbei.
Längst.

Aber: noch selber Bahnsteig. Wieso?
Rausschauen.
Bahnsteig leer.
Anzeige: Abfahrt in null Minuten.
Sonst?
Nichts.
Duschenschlafenbettzeug!
Wird das hier jetzt noch was?
Schild:

Da:

Im Waggon: Kofferdreckskoffer.
Wie oft fünf Schritte zum Taxistand?
Abfahrt: null Minuten. Wie lang schon?
Handyuhr: So lang??

Dreckskoffer.
Immer falsch: Aussteigen – Abfahrt sofort.
Sitzenbleiben – Abfahrt nie.

Taxi – U-Bahn – Taxi – U-Bahn – Taxi – U-Bahn?
Taxi gewinnt! Und –
Türsignal.
War klar.
Auch gut. Setzen.
»Bitte zurücktreten!«
Jemand: »Ey!! Moment!!«
Türen zu.
Jemand: Wirft sich rein.
Lässt sich einklemmen. Einfach.
»Ey, du Vogel, hörst du schlecht?«
Meint den Fahrer.
Wühlt sich in Waggon. Dass das so geht?!
Löcherjeans.
Lederjacke.
T-Shirt drunter.
Brillenschlumpf??
Sieht sich um.
Müdekeinelustkeinelustgarkeine.
Sucht Sitz. Sucht ...
... Neineineineineineineinein!!
Findet.
Gegenüber.
»Haste das mitgekriegt? Wie kann man mit so vielen Kameras nix sehen?«
Nix sagen. Vielleicht Ruhe.
U-Bahn fährt an.
»Ich war erst in dem anderen Wagen. Das hat da gestunken, das kannste dir nicht vorstellen.«

»Doch.«
Alle, alle, alle Sitze leer.
Sitz gegenüber: voll Jemand.
Jemand: »Ach, klar. Warst *auch* erst im vorderen.«
Genie.
Wühlt in Lederjacke. Knitterpack Zigaretten.
»Ist ja logisch, als Frau.«
Ist es?
»Weil's safer ist.«
Echt?
Puhlt aus Knitterpack: Knitterette.
»Hinterm Fahrer fühlste dich einfach safer.
Versteh ich. Voll. Würd ich auch genauso machen.
Als Frau.«
Genau. Als Frau.
Klopft Taschen ab. Gleich: Haste mal Feuer?
Klopfklopfklopf
»Haste mal Feuer?«
»Hier ist Rauchverbot.«
»Ja, sonst. Aber is ja keiner da.«
»Und ich?«
Hebt Hand: »Sorry, ich dachte, du rauchst nicht.«
Hält Knitterpack hin. Wohl versöhnlich gemeint.
»Rauchen ja immer weniger, und ... och nee!«
Was: Och nee?
Schaut raus.
Ah: U-Bahn langsamer.
Gibt's was zu sehen?
Selbst rausschauen.

Nichts. »Wohl 'ne Baustelle.«
Mistmistmist.
~~Vielleicht Ruhe~~
Oder?
Natürlich nicht: »Dann isses aber eine ohne Arbeiter ... Jetzt komm schon!«
U-Bahn aber: noch langsamer.
Noch. Lang. Sa.
Mmmmmm.
A.
Das war's. Oder?
Nein ...
Doch.
Steht.
Wirft sich rücklings in seinen Sitz: »Ouh, Mann, ihr habt sie doch nicht alle!«
Steht wieder auf. Schaut aus allen Fenstern. Sieht nichts.
»Was'n los, Meister?? Fahren kannste ooch nich?«
Boff! Sitzt wieder.
»Wie weit musst'n *du* noch?«
Nicht sein Bier.
»Vier, fünf Stationen. Und du?«
»Die übernächste. Mann, das ist doch scheiße!«
Dotzt Faustballen an Wagenwand. Albern.
»Das hätte ich laufen können!«
Gibt's Infos online? Checken.
»Das wären nur 15 Minuten zu Fuß. Aber ich seh,

wie die U-Bahn schon dasteht, und denk mir:
Spar dir die Latscherei. Super Idee. Echt!«
Durchsage wäre schön. Weil: »Online steht nix.«
»Wahrscheinlich wieder Blätter aufm Gleis.
Oder Wetter in der Luft.«
Er wieder hoch: »Haaaallllloooo!«
Guckt aus dem Fenster.
Hand am Fensterrahmen. Lässig abgestützt.
Wie alle Männer unter alle Motorhauben.
Dann extracool: »Also, wenn das hier noch länger so geht, steig ich aus und lauf.«
»Mach keinen Quatsch.«
»Ja. Noch. Aber lang mach ich das nicht mit.
Da gibt's garantiert 'ne Notentriegelung irgendwo.
Machste auf, dann könnense dich alle am Arsch lecken. Dann bin ich meine eigene U-Bahn.«
Knarzen im Lautsprecher.
»Verehrte Fahrgäste, wegen einer verminderten Durchführung sind bedauerlicherweise kleinere Verfahren vereinbar. Wir möchten Sie daher daran erinnern, im Falle einer vorübergehenden Auflösung bitte die Zulässigkeit zu beachten. Wir danken für Ihr Verständnis.«
Setzt sich wieder hin.
Irgendwie nicht richtig zugehört.
Durchsage noch mal abspielen.
Ach ja: Durchsage nicht online. Sondern echt.
Vielleicht er ...? »Was war das?«
»Ach, irgendwas ist bedauerlich.«

War nicht die Frage.
Kann's wohl nicht zugeben.
Wahre Stärke: Schwäche zeigen. »Also … ich hab vorhin kein Wort kapiert.«
»Halt Beamtendeutsch.«
»Irgendwas kommt vor oder wie …?«
»Vergiss es doch!«
»Ich hab ja auch nicht genau zugehört …«
»Musste auch gar nicht.«
»Irgendwas wird durchgeführt …?«
Aufstehen. Zum Lautsprecher gehen.
Dumm hinaufschauen.
Er dazu. Schaut dumm mit.
Als könnte man Wiederholung rausglotzen.
Weiß er nun was oder wie? »An was erinnerst du dich?«
»An nix! Was is'n das auch für 'ne Durchsage, wo man zuhören muss wie ein Psychiater? Die kannste doch gleich lassen.«
Ruck.
U-Bahn fährt an.
Erleichterung. Nicht zeigen!
Gut gemacht.
Er laut: »Herzlichen Dank auch!«
Und dann: »Eins sag ich dir: Nächste Station bin ich raus.«
Wieder hinsetzen.
Er auch. Lohnt eigentlich nicht, für ihn.
Sein Bier.

Blöde Stille.
Nicht mehr lang.
Schon mal machsgut und so: »Ja, dann ... schönen Abend noch.«
Kann man doch mal sagen.
Abschiedsvorbereitung.
»Danke. Und dir gute vier, fünf Stationen noch.«
Freundlich lächeln, ein bisschen.
Nur kurz. Nicht, dass er bleibt.
Er schon mal hoch, zur Tür. Und tschüs.
U-Bahn fährt.
Tjaja.
Nicht zu ihm gucken.
Ratterratter.
Ratterratter.
Nicht zu ihm gucken. Nicht zu ihm gucken.
Ratterratter.
Ratterratterratter.
Ja, sag mal –
Okay, nicht *noch* mal zu ihm gucken.
U-Bahn fährt.
Auch mal schön.
Und fährt.
Räuspert sich.
Schaut her.
Achselzucken hin. Achselzucken zurück.
Ratterratterratter.
Also wirklich.
Echt keinen Bock zu quatschen, aber ...

Aber ...
Ratterratter.
Aber –!!
»Sag mal, sind bei euch die Stationen immer so weit auseinander?«
»Auch nicht weiter als woanders.«
Außen: Tunnel.
Er sofort Erklärung parat. »Sind wahrscheinlich langsamer als sonst.«
»Sieht für mich aber gar nicht langsamer aus.«
Schaut raus. Dunkel. »Kann man doch nicht sehen.«
»Nein, sehen nicht.«
»Aber?«
»Hören.«
»Hm?«
»Na, ich meine: Es hört sich nicht langsamer an.«
Horcht.
Dann: »Halt wie immer.«
»Eben.«
Schaut jetzt sehr fachmännisch hinaus. Gebeugt. Kratzt sein Kinn.
Richtet sich auf. »Wie lange fahren wir?«
Wie spät war's vorhin am Handy?
»Vier Minuten. Also drei jedenfalls ganz sicher.«
»*Mit* dem Stopp?«
»*Seit* dem Stopp.«
»Kann ja gar nicht sein.«
Nee, kann nicht. Oder?
Auch aufstehen.

Auch rausschauen.
U-Bahn fährt & fährt.
Handyuhr: »Also, jetzt sind's fünf Minuten. Aber dicke.«
»Zwischen zwei Stationen U-Bahn sind doch keine fünf Minuten. Nicht in der City. Das müssen weniger sein.«
Handy hinhalten: Schau selber.
»Verarschen die uns?«
Schaut raus.
Einfach mal raten: »Vielleicht verfahren?«
»Und das ohne Kreuzung! Respekt.«
Außen: lautes Dunkel.
Was tun? Mehr Infos.
Plan vom Streckennetz. Hingehen.
Viel über Bahnhöfe.
Nichts über Dazwischen.
Immerhin: »Passieren kann uns ja schon mal nichts.«
»Hm?«
»Ich meine, na ja, es dauert vielleicht irgendwie länger, aber es kann uns auf jeden Fall nichts passieren.«
»Natürlich kann nichts passieren, aber darum geht's doch nicht! Ich will in die Falle!«
»Ja, aber ich mein doch nur. Es ist nicht gefährlich.«
»Nee, nur scheiße.«
Wieder so laut: »Alter!!! Wenn ich 'ne Stadtrundfahrt will, sag ich Bescheid!«

»Glaubst du, das hört einer?«
»Ach, die haben doch überall Kameras!«
An Wagendecke: kleine schwarze Glaskugeln.
Er direkt davor. Winkt mit beiden Armen. Robinson sieht ein Schiff.
Und: Robinson wischt großen Kessel aus?
Nein, falsch: Robinson zeigt großen Kreis, immer rundherum, und dann beide Hände kreuzend – Abbruch.
Und dann: Scheibenwischer.
Eigentlich recht lustig.
Trotzdem: U-Bahn fährt immer noch.
»Wie lang jetzt?«
»Fast zehn Minuten.«
»Das gibt's doch echt nicht.«
»Vielleicht sind wir auf so 'ner Art Reparaturgleis.«
Irgendsowas mal gehörtgelesen.
»Reparaturgleis? Überleg doch mal. 'ne U-Bahn fährt, weiß nich, Tempo 60. Zehn Minuten, das wären ja dann zehn Kilometer.«
»Sechs.«
»Sechs, zehn, egal. So'n langes Reparaturgleis gibt's doch auf der ganzen Welt nicht.«
»Ja, aber wenn's das nicht gibt, muss das hier doch mal aufhören.«
»Muss, muss. 'ne Station kommen muss auch. Aber kommt eine?«
Mal'n Fachmann fragen. Für: U-Bahnen.
Woher nehmen?

Obwohl: Was ist da groß zu wissen?
Vielleicht: Jede U-Bahn hat ganz lange Teststrecke, fährt da immer im Kreis.
Nee: oberirdisch billiger.
Warum verbuddeln?
Weil: Was ganz Wichtiges geht nur im Dunkeln.
Nämlich?
Fachmann wäre gut.
Sitzt vorn. Vorm Kotzwaggon.
Kommt man nicht ran. Nicht näher als Sichtscheibe zwischen den Wagen.
Klopfen.
Hört keiner. Klar.
Sitzt auch sonst keiner drin. Gestank.
Trotzdem: »Wir müssten irgendwie den Fahrer fragen.«
»Haste seine Handynummer?«
Tja.
Wo könnte noch wer sein?
Hinten.
Hinten noch mehr Wagen.
Hinten auch Sichtscheibe.
Tatsächlich: »Da sitzt wer!«
Klopfen. Ach, Mist – winken.
Hallo! Hallo. Hierher! Schau her, schau her!
Ja!
Oh. Bauch. Schwanger.
Spricht.
Lautlos. Halt, halt.

»Verstehst du, was hier läuft?«
So geht's nicht.
Marcel Marceau
Arme heben, Achselzucken ... Moment:
Endloses Fahren ... Zugbewegung mit den Armen ...
Und endlos: auf Uhr deuten.
Dazu: Augenaufreißen.
Schwanger staunt auch.
Reißt auch Augen auf. Lacht.
Gut. Weiter.
Mal her mit dem Kollegen.
Schau, Schwanger, wir sind zwei! Und bei dir?
Schwanger zur Seite, zeigt in Waggon. Alles leer.
Trauriges Gesicht.
Trauriges Gesicht zurück.
»Hast du die Durchsage vorhin verstanden? ...
Ob du die Durchsage verstanden –«
»Sie kann dich doch nicht hören!«
Zeichen für »Lautsprecher«? Oder »Durchsage«?
Schwanger hebt Hand und – ah, Handy.
Handy wieder weg. Schwanger tippt.
Handy wieder da und ... Nummer im Display!
Wählen. Freizeichen.
»Super. Ja, Wahnsinn ... Wir kapieren's auch nicht.
... Ist doch irre, oder? ... Sag, hast du die Durchsage verstanden?«
Echt laut hier. Oder Schwanger leise.
»Und, hat sie?«
»Schhhh!«

»Sag schon!«
»Nein, hat sie nicht ... sie meint, wir sollten den Notruf nehmen.«
»Kluge Frau.«
»Ich weiß nicht, ist das denn ein Notfall ...?
Ich meine, die U-Bahn brennt ja nicht ...«
»›Die U-Bahn brennt ja nicht.‹ Hast du sie noch alle? Wir fahren hier seit 15 Minuten durchs Nichts! Wenn das kein Notfall ist ...«
»Sie meint auch, so was kann teuer werden.«
»Ja, aber für die Stadtwerke. In Amerika hätte die längst wer verklagt.«
Und sucht schon los.
Kerle.
Warten nie: »Okay, hier ist 'ne Sprechanlage.«
Kann man nicht allein lassen!
Macht garantiert nur Unsinn.
Erst auflegen: »Du, wir probieren das mit dem Notruf, ich meld mich wieder!«
Zu ihm!
Da steht's ja auch.
Direkt daneben: »Missbrauch strafbar«.
Beunruhigend. »Ich hab so was ja noch nie benutzt.«
»Was?«
»Na: Feuerlöscher. Notruf. Nottelefon. Irgendwas mit Not.«
»Dann schau her: Kannste was lernen. *So* wird das gemacht!«

Ganz selbstverständlich. Männer.
Liegt vielleicht an der Wut: »Die können was erleben. Hallo? Hallo?«
»Zentrale. Wer spricht da, bitte?«
Wie alle Stimmen. Frau, aber sonst: wie alle.
»Hier sprech ich. Sagen Sie, was läuft hier für eine Scheiße?«
So nicht. Weg da, geh weg, weg, weg.
»Hallo? Sorry, das hat er nicht so gemeint ... Es ist so, also ... ich weiß nicht ...«
»Haben Sie einen Notfall zu melden?«
»Ja, nein, also, es ist niemand verletzt oder so. Aber Ihre U-Bahn, die fährt irgendwie immer weiter.«
O Mann! *Die U-Bahn fährt immer weiter* – kleines Mädchen spricht mit Polizeimann.
»Sie meinen: Der Fahrer hält nicht?«
»Genau.«
»Also ... Uns liegt hier keine Störung vor. Wie lang fährt er denn schon?«
»Na, 15 Minuten sicher.«
»Das kann ja gar nicht sein.«
»Dachten wir auch, aber es ist so. Wirklich!«
»Da müssten Sie ja schon in den vorausfahrenden Zug geknallt sein.«
Stimmt eigentlich.
»Aber ...«
»Und wenn er eine Viertelstunde lang alle Bahnhöfe überfährt, hätten uns längst verärgerte

Fahrgäste angerufen. Grad nachts, wo der Takt so dünn ist.«
»Ich weiß, aber ...«
»Die warten und warten, und dann rauscht der Zug einfach durch den Bahnhof – was meinen Sie, wie schnell die uns hier die Leitungen zuklingeln?«
»Das ist es ja. Da ist kein Bahnhof.«
»Ich hab Sie jetzt nicht verstanden. Können Sie das wiederholen?«
»Wir haben seit einer Viertelstunde keinen Bahnhof gesehen!«
Stille. Notruf denkt nach.
»Seit 15 Minuten kein Bahnhof?«
»Ja!«
»Und die U-Bahn fährt, sagen Sie?«
»Volle Kanne.«
»Sagen Sie mal, kann es sein, dass Sie hier die volle Kanne sind?«
Das ist doch ...
Er gleich auf 180: »Kommen Sie mir bloß nicht so. Ich kann das bestätigen! Wir rauschen hier seit einer Viertelstunde durch Ihre Tunnel. Und Ihre Scheißbahnhöfe sind weg! Klingt hier irgendwer betrunken?«
»Ja.«
»Glauben Sie, wir rufen zum Spaß an?«
Notruf jetzt supersachlich: »Ich habe keine Ahnung, weshalb Sie anrufen. Aber diese Leitung ist für Notfälle freizuhalten.«

Nicht eskalieren. Er redet besser nicht.
»Das ist *wirklich* ein Notfall! Hier ist eine schwangere Frau!«
»Was für eine schwangere Frau?«
»Die ist im anderen Wagen. Aber hochschwanger. Höchstschwanger!«
»Ich fasse mal zusammen: Sie melden eine U-Bahn, die fährt ...«
»... die nicht *hält*!!«
»... dann gibt es keine Bahnhöfe mehr, aber auf einmal eine schwangere Frau. Ich fordere Sie auf, den Hebel sofort loszulassen.«
Er aggro: »Das gibt's doch nicht. Das ist ... das ist doch ... das ist Ihr Job!«
Mit Recht!
»Gehen Sie aus der Leitung. Sie machen sich strafbar!«
Aber –
So viele Abers.
Klingen alle falsch.
Aber was wäre richtiger?
Notruf over and out.
Leitung tot.
Er: »Das ist jetzt nicht wahr, oder?«
Ist das ein Vorwurf?
Er wusste doch auch nichts Besseres!
Außerdem: »Vielleicht hat sie uns nur nicht verstanden?«
Schwanger klopft lautlos an die Scheibe. Winkt.
Jetzt er Pantomime: Achselzucken.

Handy. Ran.
»Ja. Nein, die hält uns für besoffen. Die hat null kapiert ...«
Er dazwischen: »Vielleicht haben wir's nur falsch erklärt. Pass auf! Ich hab's!«
Kann sein, dann – halt! Halt!
Mal vorher drüber reden?
Aber er schon am Notruf: »Hallo? Entschuldigung!«
»Machen Sie sofort die Leitung frei!«
»Sorry, warten Sie, das ist echt ein Notfall! Ich hab jetzt was: Wenn wir recht haben, dann müsste Ihnen doch ein Zug fehlen, oder?«
Stimmt.
»Und ich kann Ihnen die Wagennummer sagen. Die steht ja an der Wand. Und dann wissen Sie auch, welcher Zug das ist. Und dann ... dann kann ja auch Ihr Fahrer die Polizei holen, wenn wir uns strafbar machen. Ist das ein Angebot?«
Gar nicht blöd. Daumen hoch.
»Na, dann schießen Sie los.«
»Nummer 19354«, liest er ab. »Haben Sie's? 19354.«
»19354. Ja.«
Notruf supereisig.
»Und? Gefunden?«
»Sind Sie überhaupt in unserem Netz?«
»Was?«
»Ich weiß nicht, wie Sie sich hier reingehackt haben. Aber ich kann Ihnen versichern: Das wird richtig teuer für Sie.«

»Ich hab Ihnen doch die Nummer gesagt! Sie müssen nur nachsehen! Im System!«
»Sie sind definitiv in keinem unserer Züge.«
Ihm helfen! »Nein, da müssen Sie sich irren! Die Nummer stimmt. Er liest sie eins zu eins von der Wand ab! Ich steh doch daneben!«
»Wir haben keine fünfstelligen Wagennummern. Nie gehabt. Und jetzt zum letzten Mal: Machen Sie die Leitung frei!«
»Hallo …? Hallo!? Das gibt's doch überhaupt nicht!«
Tritt gegen den Sitz.
Nicht okay, aber verständlich. Voll.
Solidarität zeigen: »Eine Notrufzentrale, die auflegt?«
»*Zweimal!* Die zweimal auflegt! Das hältste im Kopf nicht aus. Muss jetzt ausgerechnet ich die Bullen rufen oder was?«
Handy klingelt.
Schwanger.
»Ja. Wir kapieren's auch nicht. Die sagen, das kann nicht sein … Wir sind in der falschen Stadt … den Zug gibt's nicht … Genau …«
Kann man nur noch lachen.
»Und? Was sagt sie?«
»Versteckte Kamera …«
Schwanger sagt mehr, aber er sofort am Schreien.
»Scheiße. Genau!«
»Was?«
»Versteckte Kamera. Das isses!«

You wish.
Versteckte Kamera: Nur böser Traum, bessere Version.
Weil: lustig und Fernseh.
Aber Reality-Check! »Wie soll denn das gehen?«
»Mit Tricks!«
»Das kannst du nicht alles tricksen. So 'nen Tunnel zum Beispiel.«
»Alles machbar. Ich arbeite beim Fernsehen.«
»Und?«
»Filmtricks. Ich glaube, wir fahren gar nicht. Komm, mach mal laut.«
Speakerphone. Jetzt kann Schwanger mitreden.
»Hörst du? Ich glaub, wir fahren gar nicht! Alles nur Kintopp!«
»Aber ...«
»Wir haben's doch vorhin ausgerechnet. So'n Tunnel gibt's höchstens am Ärmelkanal. Als einzige Erklärung, wie man so lang in so einem Tunnel fahren kann, bleibt: Wir fahren nicht. Wir stehen.«
Wishful thinking! »Schon mal aus dem Fenster gesehen?«
»Easy. Das sind große LED-Bildschirme. In Endlosschleife. Alter Trick.«
Schwangerphone: »Die bauen eine komplette U-Bahn mit Bildschirmen zu? Nie im Leben.«
Gutes Argument. Geht gar nicht.
Sogar er: »Stimmt, das wär zu teuer.«
Und langsamer: »Also ... kann's so ... nicht sein.«

»Heißt: keine Bildschirme. Und: kein Fernsehen.«
»Neinneinnein, das heißt: nicht die ganze U-Bahn. Sondern nur unsere beiden Wagen.«
»Aber ...«
»... korrekte Frage: Wie stellt man sicher, dass wir genau in diese Wagen einsteigen?«
Ja eben. Freier Wille und alles.
Und er: Finger in den Hals.
Genau! »Indem man in die anderen Wagen Kotze kippt?«
Nicktgrinst. Lehrer freut sich über Mitarbeit.
War aber auch wirklich auffällig.
»Künstliche Kotze«, ergänzt Schwanger. »Die war schlimmer als normale Kotze!«
Na ja: Schwanger sicher geruchsempfindlich.
Und doch richtig. War Superkotze.
Trotzdem: »Der Krach? Die Wagenbewegungen??«
»Macht alles unser Kopf. Durch die Bildschirme. Weil die so groß sind. In Wirklichkeit wackeln die nur am Wagen, den Rest macht unser Hirn. Verstehste?«
Gefällt ihm.
Klingt wirklich nicht verkehrt: »Könnte sogar stimmen.«
»Das passt alles. Erinnert euch doch mal: vorhin. Die U-Bahn blieb stehen. Ich sag euch: Das war der letzte echte Fahrmoment.«
»Weil sie uns zwischen den Bildschirmen parken mussten.«

Passt wirklich. Total unauffällig.
»Genau. Und seither stehen wir nur noch auf einem wackelnden Waggon.«
»Hast du das gehört?«, fragt sie Schwanger.
Schaut wieder aus dem Fenster.
Fachmännisch: »O Mann, die Jungs sind gut!«
Dann ganz laut: »Wir haben's, Leute! Der Gag ist vorbei.«
Lautsprecher: schweigt.
Jetzt Schwanger: »Ich mein auch, dass ich von so was mal gehört habe. So 'ne Escape-Room Show oder so.«
»Ist die Welle nicht längst durch?«
TV-Fachmann: »Dann sind wir bei den Öffentlich-Rechtlichen. Die sind immer als Letzte dran. Haaallooo, ihr könnt jetzt aufhören!!!«
Verärgert.
»Das ist jetzt echt albern, das Material schneiden sie doch dann eh raus. Sobald wir das Rätsel gelöst haben, ist der Witz weg.«
Nichts passiert.
Sucht jetzt versteckte Kameras.
Entdeckt welche. Oder wo welche sein könnten: »Die sind heute so klein, das kann jede Schraube sein.«
Und die Überwachungskameras gibt's ja auch noch.
»Das machen die jetzt bloß noch zum Privatspaß. Weil sie's geil finden, wie wir hier rumsitzen.«
Sind wohl so, beim Fernsehen.
»Müssen wir jetzt auch noch selber raus oder was?«

Ist jetzt echt sauer.
»Ist doch idiotisch! Ich sag euch, was wir als Nächstes machen: Wir nehmen einen Nothammer, zerschlagen erst eine Scheibe und dann einen eurer Bildschirme. Können wir uns aber sparen. Das kostet doch alles nur Fernsehgebühren.«
Kaputtschlagen?
Scheibe kaputt?
Bildschirm kaputt?
Schon etwas heftig, oder?
Der ist imstande und macht das!
Vorschlag zur Güte: »Vielleicht sollten wir einfach mal die Notbremse ziehen?«
Schaut erst. Lacht dann. »Klar, warum nicht? Wollte ich schon immer mal. Wird aber nichts bringen.«
Geht echt zur Notbremse!
Mal vorher drüber reden??
»... denn das gehört ja zum Spiel, irgendwer zieht die Notbremse ...«
Zieht tatsächlich!!!
Bevor drüber geredet!
Zieht stark: Griff ab!
Sachbeschädigung strafbar!
Aber –?
»... aber nichts passiert, Hilfe, Hilfe ...«.
Tatsächlich: Nichts.
Und er: Gar nicht überrascht.
Sogar lustig: »... Alle ratlos, was sollen wir nun tun?

Du hast alles falsch gemacht, du hast zu kräftig gezogen ...«
Wirft Griff weg.
Geht zu nächster Notbremse.
»... denn so eine Notbremse ist ja sehr empfindlich ...«
Und jetzt: ganz sachte, mit Daumen und Zeigefinger.
Nicht, hey!!!
Aber: zupf!
Nichts.
»... bloß, das ist halt die Scheiße am Fernsehen ...«
Lässig weiter zur nächsten Bremse.
»... sie wissen einfach nie, wann's vorbei ist. Und das Schlimmste ist: Sie vermasseln's auch noch.«
Hä?
»Weil, das wäre jetzt doch ideal für die Show.
Der Dumme hat zwei Notbremsen gezogen,
nix passiert, er reißt die Klappe auf, geht zur dritten ...«
Und schon am Griff.
»... er zieht dran, und huch –«
Spielt: Durch-die-Gegend-purzeln.
»Weil jetzt natürlich auf einmal doch: großes Brems-Chaos!«
Ah, klar. Filmwitz. Filmwitztechnik.
Stimmt, schon gesehen.
Irgendwas zweimal gleich, drittes Mal anders.
»Aber wenn ich so was machen will, dann ist es halt Scheiße, wenn mein idiotischer Zug ...

… ÜBERHAUPT NICHT FÄHRT!«
Zieht!
Griff, Halterung, Apparat, alles von der Wand.
Und: nichts.
Grinst.
Kommt zufrieden her.
Wirft Bremsengriffkabelsalat in den Schoß.
Plumpst stolz in den Sitz.
»Quod erat demonstratur.«
Immer noch: nichts.
Andererseits: Auch schon mal ferngesehen.
»Wahrscheinlich müssen wir erst einen Buzzer drücken.«
Seufzt: »Na schön, dann bringen wir's hinter uns.«
Wieder hoch. Sucht Nothammer.
Halter leer. Halter leer. Halter leer.
Halter nicht leer. Einer.
Klar für ihn: »Muss. Hätten wir ja sonst was merken können. 'ne Bahn ohne Nothammer, so was gibt's ja in ganz Deutschland nicht.«
Nimmt ihn.
Einfach so.
»Weißt du überhaupt, wie man den benutzt?«
»Kann ja wohl nicht so schwer sein. Magst du vielleicht …?«
Hm. Warum nicht?
Aber ohne Phone: »Ich leg jetzt auf!«
Wegstecken. Nothammer nehmen.
Schwerer, als man denkt.

Und echt jetzt? So richtig?
Er: Mach-hin-Blick.
Okay. Notruf war nutzlos.
Dann darf man doch, oder?
Noch mal nachdenken: echter Notfall.
Und: vorher alles versucht.
Und: wahrscheinlich nur Fernsehen.
Und: in Zentrale blöde Kuh.
Echt jetzt.
Zuschlagen!
Glasscheibe: 1000-Teile-Puzzle.
Nach außen drücken.
Hilft mit.
Wind.
Fahrtwind.
Total laut.
Glasstückchen sausen weg. Nach hinten.
Im Stehen? Filmtrick?
Oder etwa ...: »Windmaschinen?«
Nickt.
»Können die so viel Wind machen?«
»Was glaubst du denn? Bis zu Tempo 100!«
Also dann.
Hinausbeugen.
Geht fast nicht.
Gleisbett: dunkel.
Bildschirme? »Ich weiß nicht. Ich seh gar keine Bildschirmränder!«
»Kannste auch nicht. Sind gekrümmt. Heißer Scheiß.«

Er: voll Respekt.
»Geil gemacht. Die Dunkelheit hilft denen natürlich! Aber trotzdem.«
Spinner. Lehnt sich raus!
»Whoooooo-hooooh!«
It's a Celebration!
Beide Hände außen ans Dach! Irre.
»Yeeeaaaaaahh!!! U-Bahn-Surfen vier Punkt null!«
»Sag mal, gibt's überhaupt Bildschirme in der Größe?«
Geht jetzt nur mit richtig schreien.
»Aber hallo! Die Stones haben noch größere!«
Kopf auch mal ein bisschen rausstrecken.
Voll anstrengend!
Wind in den Augen.
Wie soll man da den Bildschirm ...
Wie macht er das?
»Komm, lass mal! Ich bin schwerer!«
Hält eine Hand hin.
Hm?
Ach so, klar: Hammer.
Er wieder: Surfer.
»Okay, ihr Flitzpiepen! Letzte Gelegenheit!«
Packt an den Fensterrahmen. Sicherer Halt.

Plötzlich

siedend

HEISS!

Übersehen!
Komm rein! Komm rein!!!!!!
Am Gürtel packen! Mit Gewalt rein!
Er genervt.
»Was ist denn noch?«
»Der Lockvogel!«
»Wer??«
»Was ist mit dem Lockvogel? Wenn das hier eine Fernsehsache ist, müssen sie einen Lockvogel haben.«
»Wen?«
»Einen, der mitspielt und uns in die Falle lockt.«
»Ist doch egal!«
Männer. All action, no brain.
»Denk mal mit: Wenn's keinen Lockvogel gibt, hängst du da vielleicht doch an einer echten U-Bahn. Wenn wir aber einen finden, haben wir einen zusätzlichen Beweis.«
Groschen gefallen. »Also gut: Wer soll es sein?«
»Das ist es ja. Ich bin's nicht. Und du kannst es auch nicht sein.«
»Warum?«
Wer ist denn hier der TV-Experte?
»Wenn du der Lockvogel bist, dann für mich. Damit ich Mist rede und Mist mache. Aber du redest zu viel. Du machst zu viel selber.«
»Du könntest ja auch der Lockvogel für mich sein.«
Nicht der Hellste.

»Gilt doch umgekehrt genauso. Wenn du der Geprankte sein sollst, mach ich zu viel.«
»Und sie?«
Schwanger? Never.
»Sie hat uns auf die versteckte Kamera gebracht. Der Lockvogel redet nie über versteckte Kameras.«
Tja. Sieht schlecht aus.
Er lacht.
Wieso?
»Die in der Zentrale! Die hat für mich das Ganze erst echt gemacht!«
So einfach!
So offensichtlich! Was man manchmal alles übersieht!
Mitlachen.
Und er: »Ist wahrscheinlich die Kebekus!«
Die Kebekus.
Immer ganz nett.
Bisschen zu hübsch.
Cool: Nachher Auflösungs-Sendung.
Mit der Kebekus. Und dann: BFF.
Er schon wieder halb aus dem Fenster.
Am Gürtel anpacken, aber fest.
Schwanger klebt am Fenster. Lacht. Dann Hand vor den Mund: Staunclown.
Er fast gerührt: »Übertreib's mal nicht!«
»Mach!«
Ist ja anstrengend.
Und sicher ist sicher.

Er wieder ganz laut: »Letzte Schangs für Guido Cantz!«
Nichts.
»Okay, Freunde, ihr habt es so gewollt!«
Hammer voll Richtung Bildschirm.
Irrsinniger Crash.
Zu spüren. Durch und durch.
Gar kein Klirren.
Kein Plexiglas.
Eher weich und hart.
Schreit.
Er.
Lang. Schreit. Schreit. Schreit.
»Rein! Zieh! REIN! REIIIIIIIIIIIIIIIIN!!«
Fällt auf Sitz.
Kein Hammer.
Arm seltsam.
Ärmel wie labbriger Schlauch.
Mit Hand.
Blut.
Schreit.
Noch jemand schreit.
Selbst.
Schreit. Schreit. Schreit.
Hilfe!
Schwanger an Scheibe. Nur noch Augen.
Er fasst an seinen Arm, lässt schreiend los. Fasst.
Lässt los.
Helfen.

Erste Hilfe.
Kasten!
So viel Blut.
»Was muss man denn jetzt machen?«

»MACH WAS!!«

»Blutung stoppen! Blutung stoppen!«
Erstehilfekasten! Anleitung! Kasten! Kasten!
Schreit so laut.
»Dein Arm muss aus der Jacke!«
Am Ärmel zieh **SCHREIT**

Loslassen, sacht.
Aufschneiden.
Schere? Keine.
Ganze Jacke weg!
Andersrum: Erst heilen Arm raus.
Jacke um ihn herumführen.
Dann nach vorn weg.

SCHREIT

Hautschlauch aus dem T-Shirt.
Splitter.
Blut. Gleichmäßig. Nicht stoßweise.
Blut Boden – Boden steigt hoch –
Wagen dreht sich.
Nicht, nicht. Atmen. Klar bleiben. Schock –
nur Nerven – Klar. Ruhig. Bleiben.
Er blass. Nass. Blass. Nass.

Stabile Seitenlage Zunge raus garnichtbewusstlos
Splitter zurückschieben? Draußen lassen?
Hilfekasten. Kein Kasten. Kasten beim Fahrer.
Notrufkeinezeit.
Verbinden Verband Stoff Bluse
Koffer. Irgendwas. Handtuch Handtuch.
Handtuch drumrum. Um alles.
Polsternschützenirgendwas.
Nein, erst Schiene.
Hotelschuhlöffel.

SCHREITSCHREITSCHREIT

Schuhlöffelhandtuchwasjetzt?
Arm nicht hängen lassen. Dreieckdings. Dreiecktuch.
Dreieckschlinge. Schlinge.
Aus was?
Socken. BH. Strumpfhose. Keine Strumpfhose. BH.
Ein BH zwei BH drei BH zwei BH.
Um den Hals.

SCHREIT nur noch. Besser.

Ellbogen abwinkeln.
Ellbogen war wo?
Handgelenk in BHschlinge.
Seltsam krumm.
Aber: hält. Irgendwie.

STÖHNT.

»Ogotttttttt ... hast du Tabletten? Irgendwas?«

Richtig.
Glückspilz: nie ohne.
Zwei Ibuprofen.
Besser drei.
Und zwei Paracetamol. Rausdrücken. In den Mund.
Reise-Wasserflasche.
Nimmt selbst.
Und jetzt und jetzt was jetzt was jetzt?
Nichts mehr.
Mehr geht nicht.
Sitzensitzen.
Kaputte Scheibe. Lärm. Wind.
Kein Bildschirm.
Tunnel.
Dunkel.
Und fährt. Fährt. Fährt.
»Das gibt's doch gar nicht. Das gibt's doch alles gar nicht.«
Schwanger!
Schreibt.
Lippenstift auf Glas.

?
112!
»Ja! Ja, genau. Sofort!!«

1-1-2
Geh ran! Geh ran!
»Notrufzentrale?«
»Ich ... wir haben einen Verletzten! Ich weiß, Sie brauchen die fünf W. Ich kann alle fünf W sagen. Bitte legen Sie nicht auf!«
»Sie haben einen Verletzten. Wo sind Sie?«
»In der U-Bahn. Wir fahren in der U-Bahn. U2. Nein, U8.«
»Kann der Verletzte an der nächsten Haltestelle aussteigen?«
»Ja. Nein.«
Wie soll man ...?
»Es ist ... bitte, das müssen Sie mir glauben: Es gibt keine Haltestelle.«
»Bitte bleiben Sie ganz ruhig. Es ist alles in Ordnung. Die nächste Haltestelle ist höchstens zwei Minuten entfernt.«
»Ich ... ich bin ganz ruhig.«
Ruhig atmen. Stimme beruhigen. Ruhig klingen. Verantwortungsvoll.
Erwachsen.
»Ich bin ganz ... ganz ruhig. Aber ... das ist wirklich so: Es ... gibt ... keine ... Haltestelle.«
Notruf hört zu.
»Wir fahren seit ...«
Nicht zu glauben.
»... seit 25 Minuten. In der U-Bahn! Seit 25 Minuten gibt es keinen Bahnhof.«

»Bleiben Sie ganz ruhig. Es ist alles in Ordnung. Sie sind vermutlich in einer S-Bahn. Das wird oft verwechselt. Was war denn Ihre letzte Station?«
»Hauptbahnhof. Vor 25 Minuten!«
»Sie fahren in welcher Richtung?«
»Nach ... Norden. Glaub ich.«
»Glauben Sie?«
»Auf dem Netzplan nach oben! Ich bin sicher! Norden!«
»Gut, wir senden einen Notarzt zum nächsten Bahnhof in nördlicher Richtung. Sie heißen?«
»Lohm. Anke Lohm.«
»Sie wohnen?«
»Hannover. Karl-Bröger-Platz. Vier. Meine Nummer ...«
»... steht im Display, danke, haben wir notiert. Jetzt: Was ist passiert?«
»Ein junger Mann. Mitte zwanzig. Er ist ... er hat ... er hat sich aus der U-Bahn ... gelehnt, ja. Und dann ist etwas gegen seinen Arm geknallt, in voller Fahrt! Es sieht furchtbar aus, total zerbrochen, und verbogen und blutig, ich hab's irgendwie verbunden, sicher ganz falsch ...«
»Wie viele Verletzte?«
»Einer. Nur einer!«
»Okay. Er hat sich aus der U-Bahn gelehnt, sagen Sie?«
»Ja!«
»Wie kam er da raus?«

»Wir ... ich ... er hat die Scheibe eingeschlagen. Mit dem Nothammer.«
»Ist er verwirrt?«
»Nein! Ich sage doch, wir dachten ... oder er dachte, die U-Bahn fährt nicht!«
»Aber die U-Bahn fährt?«
»Ja. Jaaaa!«
Wie soll man das sagen? »Sie fährt. Aber sie hält nicht!«
»Sie hält nicht? Auch nicht an diesem Bahnhof?«
»An welchem Bahnhof?!?!«
»Sie müssen doch jetzt längst an einem Bahnhof sein!«

»DA
IST
KEIN
BAHN
HOF
HÖREN
SIE DAS???«

Einfach mal Handy raushalten.
»Wir haben die Scheibe eingeschlagen! Das Rauschen da: Das ist Fahrtwind. Weil wir nämlich fahren. Im Sinne von: fahren! Weil kein Bahnhof kommt.

Wir fahren und wir fahren, und darum … darum haben wir irgendwann gedacht … wir fahren *nicht*!«
»Ganz ruhig. Es wird sich alles aufklären.«
»Sind Sie Carolin Kebekus?«
»Bitte?«
»Der Mann hier hat Schmerzen, bitte, Sie müssen uns helfen!«
»Haben Sie Rauschmittel konsumiert? Manche davon können das Zeitempfinden beeinflussen.«
»Bitte orten Sie mich! Bitte!«
»Sie sitzen wahrscheinlich in einem Zug. Regional oder eher überregional. Bitte bewahren Sie Ruhe. Schalten Sie Ihr Handy auf keinen Fall aus. Wir melden uns wieder.«
»Ja. Ja. Danke.«
Aufgelegt.
Muss man abwarten.
Er: »Und?«
Bewegt sich nicht. Schreit nicht.
Besser.
Stöhnt nur immer wieder.
»Sie sagen, wir sitzen in der Eisenbahn.«
»Das ist doch kein Zug!«
»Sie glauben, wir sind auf Droge.«
»Hast du ihnen nicht gesagt …?«
»Die sagen, die U-Bahn ist keine U-Bahn, und 25 Minuten sind keine 25 Minuten.«
»Hast du ihnen nicht …«

»Hast du nicht zugehört?? Du sitzt doch die ganze Zeit daneben!!! Wir sollen beim nächsten Bahnhof raus!«
»ES GIBT KEINEN NÄCHSTEN BAHNHOF!!!«
»ICH *WEISS*!!!!!!!«
Klingeln. Schwanger.
Also alles noch mal: »Ich hab's ihm grad gesagt. Die glauben, wir sitzen zugedröhnt in irgendeiner Eisenbahn und rätseln, wieso kein U-Bahnhof kommt. Ich weiß nicht, wie ich's ihnen noch erklären soll.«
Bitte, Schwanger! Hab eine Idee!
»Was? Moment!«
Hand aus dem Fenster.
Könnte stimmen.
»Was sagt sie?«
»Sie meint, wir werden langsamer.«
»Und ...?«
»Kann sein, ja ...!«
»Ich merk überhaupt nichts.«
Klar. Tabletten. Und seine Seite: Scheiben ganz.
»Der Fahrtwind lässt nach. Es wird auch leiser. Vielleicht sieht man weiter vorn mehr.«
Mal vor gehen.
»Und? Ist da irgendwas?«
»Nein ... Aber ... so, wie's aussieht ... könnten wir springen.«
»Was?«
»Abspringen.«

»Spinnst du?«
»Wenn wir nur noch ein bisschen langsamer werden ...«
»Mein Arm ist im Arsch! Ich bin froh, dass ich noch Beine hab!«
»Wir könnten noch Stunden hier sitzen! Tage!«
»Das ist technisch unmöglich. Das muss irgendwo enden!«
»Und wann? Das kann doch noch ewig so weitergehen!«
»Das ist jetzt echt nicht mein Hauptproblem! Ich brauch einen Scheißarzt!«
»Hier unten kommt garantiert keiner!«
»Aber auf den Gleisen stehen sie Schlange?«
Muss sich beruhigen. Dann versteht er's.
Bisschen Zeit lassen, dann: »Schau, ich habe keine Ahnung, wo das hinführt. Aber jetzt haben wir eine Chance, hier rauszukommen.«
Noch mal Hand raus.
Tunnelwand kaum noch verwischt.
Details erkennbar.
»Das ist jetzt fast schon Fahrradtempo. Bei 60 oder 70 Sachen, da geb ich dir recht, da gehen wir drauf. Aber jetzt kann das klappen!«
»Und was ist mit ihr?«
Richtig. Schwanger.
Ist ja noch am Telefon. »Hey! Hast du gehört? Wir müssen springen. Packst du das?«
Schwanger rastet aus.

Sieht er auch ohne Telefon: »Die hat recht! Denk mal an das Kind.«
Vielleicht *grade* wegen dem Kind?
»Und wenn wir gesprungen sind – was willste dann machen?«
»Wir suchen einen Weg raus!«
»Im Dunklen?«
»Wir leuchten. Mit den Handys. Wir suchen einen Rettungsschacht oder so was.«
»Und jeden Moment kommt der nächste Zug!«
»Wir wissen doch gar nicht, ob hier außer uns noch jemand fährt!«
»Natürlich fährt da wer!!! Die bauen doch keinen Tunnel nur für dich!!«
»So einen Tunnel baut überhaupt niemand!«
»Nö, aber an Rettungsschächte haben sie natürlich gedacht!!«
Führt zu nichts. Alles ist gesagt.
Springen wäre besser. Klar: keine Garantie.
Alles besser als hier drin.
Außen: Läufst, wo du hinwillst.
Innen: Fährst, wo Bahn hinfährt.
Ausgeliefert.
Aber – stimmt.
Läufst außen gar nicht, wo du willst.
Läufst, wo Tunnel ist.
Aber auf eigenen Füßen.
Kaum noch Fahrtwind. *Die* Chance. »Wir sind so langsam. Jetzt wär's ganz leicht.«

Tunnelwand.
Einzelne Segmente.
Kabel.
Schwarzer Staub.
Alt. Nicht modern.
Keine Lampen.
Richtig alt.
Atombunker? Kalter Krieg? Weltkrieg?
Bunker mit Schienen?
Bunker ohne Lampen?
Handyton. Schwanger.
Schwanger merkt was.
Schwanger hat recht. »Moment! Ich schau's mir an!«
Schnell vor.
Stöhnt: »Was ist?«
»Sie sieht Licht.«
»Was für Licht?«
»Und ich hab auch grad die Tunnelwand viel deutlicher gesehen.«
»Warte, ich – aaaahhh.«
»Bleib sitzen!«
»Was siehst du?«
»Da ist was!«
»Aaahhhhh ...«
Warum wartet er nicht?
Lehnt sich aus Kaputtfenster.
»Da leuchtet echt was.«
»Siehst du, was es ist?«

»Sieht für mich aus, als käm da 'ne Station.
Bahnsteig ist wohl auf deiner Seite.«
Rüber.
Kopf ans Fensterglas.
Er felsenfest: »Da steigen wir aus.«
»Wenn er überhaupt hält.«
»Warum soll er nicht halten?«
»Ich weiß es nicht.«
»Er hat bisher doch keine Station ausgelassen.«
»Es war ja auch keine da!«
»Also hat er auch keine ausgelassen. Ahhh.«
Drückt Tablette aus Blister. Schluck.
Steckt Rest hektisch weg.
»Okay. Wenn er nicht stoppt, machen wir's,
wie du gesagt hast.«
»Wie?«
»Dann springen wir.«
Auf einmal doch?
»Bahn ist besser als Tunnel. Bahn*hof* ist besser
als Bahn.«
Geht wie alter Mann. Steht wie alter Mann.
»Warte, ich helf dir.«
»Und dein Koffer?«
Koffer. Helfen. Hilfe holen.
Prioritäten festlegen!
Prio eins? Zwei? Drei?
»Erst musst du hier raus. Dann müssen wir den
Fahrer alarmieren. Der kann dir einen Notarzt
rufen.«

»O-okay …«
»Und wenn wir merken, dass er doch nicht anhält: Sofort auf die andere Seite und springen!«
»Aber ich brauch dich dann. Ich muss mit den Füßen zuerst raus.«
»Oder wir schlagen hier ein Fenster ein. Dann kannste dich auf den Bahnsteig fallen lassen.«
»Ohne Hammer?«
»Stimmt. Scheiße. Dann durchs kaputte.«
»Okay, es geht los. Weiß sie Bescheid?«
Schwanger!
»Mist. Aber die kann sich's doch denken!«
Winken. Schwanger guckt.
Raus. Auf Tür zeigen. Dann –
Springen – Schwanger Fenster alle heil –
erst Scheibe einschlagen – welche Geste
welche Geste – keine Zeit –
Soll selber draufkommen.
»Okay … wir werden langsamer … auuuhhh …«
Kotzwaggon schon im Licht.
Leuchtstoffröhren außen.
Beruhigend.
Zur Tür.
Bereit halten.
Wenn die Türen nur einen Moment aufgehen!
Eine Sekunde reicht.
Dann rausraus.
Bahnsteig normal.
Wenig Leute. Warten.

Kommen zum Zug.
Bremst jetzt stärker.
Er zieht Luft zwischen die Zähne – Schmerz:
»Sieht soweit okay aus.«
Zug steht. Fast.
Letzte Anweisungen: »Du gehst sofort zur Sitzbank.
Ich renn zum Fahrer!«
Leute. Müde. Kommen zum Einstieg.
Mann. Frau.
Schwanger.
Zug stoppt.
Außen: Mann. Frau.
Schwanger.
Mannfrauschwanger.
Mannfrauschwanger?
Auch?
Sie: ɘiƧ.
Er: ɿƎ.
ɘiƧ ist sie.
ɿƎ ist er.
Unmöglich.
Türen auf.
Zurück!
Und ɘiƧ zurück.
Er zurück.
Und ɿƎ zurück.
Unmöglich.
ƚʜɔiƨɘӘ ᴎiɘƧ: Sein Gesicht.
ƚʜɔiƨɘӘ ɿʜI: – unmöglich

Unmöglich. Unmöglich.
Wer ist ɘiƧ? Wer ist ɿƎ?
Warum so blass?
Warum so viel Angst?
Warum so besorgt?
Um sie besorgt.
ɿƎ: »Sie müssen die Zulässigkeit beachten!«
ɘiƧ: »Es sind kleinere Verfahren vereinbar!«
ɘmmitƧ ɘniɘƧ: seine Stimme.
ɘmmitƧ ɘɿʜI – klingt man so für andere?
Was reden sie?
ɿƎ: »Die Zulässigkeit! He! Ihr! Die Zulässigkeit!!
Versteht ihr?!«
ɘiƧ: »Sonst nimmt man eine Verkrümmung!«
»Ohne Zulässigkeit kein Gewahrsam!«
Winken zu sich her.
Winken sie beide heraus.
Blick zu ihm.
Blick zurück.
Gleicher Gedanke. Genau gleicher Gedanke.
Drinbleiben.
Drinbleiben. Nicht raus.
Sie: weiter zurück in den Waggon.
Er: noch weiter zurück.
ɘbiɘᙠ: winken noch heftiger.
Winken ruckartig. Raus!
Aber sofort!
»Die Zulässigkeit ist erheblich!«
»Ein Vielfaches! Aber oft!!«

No way! Zurückzurück.
Beide: folgen hinein. Versuchen es.
Können nicht.
Wollen nicht?
Wagen sich nicht?
Er: Ekel. Furcht.
Sie: Angst. Noch mehr Angst.
Nackte Angst.
Er: »Ihr müsst doch nur kanten! Vor dem Regen!«
Zeigt es.
Absurde Geste.
Absurd. Der Finger. Gekrümmt: »Kanten! Wie ein
Kreppgestell!«
Und Sie: »Bitte!!! Es gelten verminderte
Umstände!!«
Schreit: »Eine Wollsäule!«
Zurückzurück.
Letzte Wagenecke.
Irre! Beide. Irre! Irre!
Fassen an die Türenkante.
Kriechen auf allen vieren.
Irre!
Kämpfen mit Wagenschwelle.
Er winkt. Verzweifelt.
Sie verkrümmt, angestrengt.
Will rein, gelingt nicht, gelingt nicht.
Zwischen Bahnsteig und Waggon: Handbreit wie
Abgrund
Türsignal.

»Bitte zurücktreten!«
ɘbiɘB: Schreien, schreien.
Fassungslos: Abfahrt Katastrophe!
Bleiben! Bleiben!
»Sie können auch scharnieren! Scharnieren Sie doch! Bitte!!«
»Nur ein Kreppgestell! Ein Kreppgestell!!
O Gooott!«
Türen zu.
Endlich!
Türen zu.
ɘbiɘB: Mit Fäusten an die Scheiben.
Zug fährt an fahr fahr!!!
An die Scheiben.
Klammern fest.
ɿƎ mit Fingern in die Tür.
Im Dichtungsgummi.
Fahrfahr**fahr!!**
Läuft mit, zerrt an der Tür
Fahrfahr
Lass los, lass los!
Muss loslassen
Bleibt zurück.
ɘbiɘB weinend auf Bahnsteig.
Kleiner, kleiner.
Dunkel.

— — —

Verkrampft.
Knie zittern.
Am Boden.
In Waggonecke.
Kind im Gewitter.
Donner wird leiser.
Langsam entspannt. Kopf hoch.
Kopf aus der Deckung.
Schildkröte aus Panzer.
Atmen, tief.
Er auch?
Er auch. Bizarr verkrümmt. Wegen Arm.
»Verstehst du das? Was geht hier ab? Was passiert mit uns?«
Schweigt.
»Wer sind diese Leute??? WER SIND DIE?? Das darf doch alles nicht wahr sein!«
Will aufstehen.
Leichenblass. Hand an Haltestange.
Gesicht klatschnass. Lässt los.
Sackt zusammen.
Schnell zu ihm.
»Nein! Mach jetzt nicht schlapp, ich brauch dich!«
Was tun? Warmhaltenabkühlen?
Irgendwas hoch lagern? Oder tief?
»Nicht, bitte. Ich bin kein Arzt!«

Kopf kühlen. Tempo. Wasser drauf.
Mund geht auf.
Augen? Alles weiß.
»Hey! Hey! Wach auf! Wach! AUF!«
Mehr Wasser! Vorsichtig! Tropfen lassen!
Läuft in Nase.
Aber: kommt zu sich. Komm! Komm!
»Gott sei Dank! Wie geht's dir?«
»Ich hab Wasser im Auge.«
»Weißt du, wo du bist?«
»In der Scheiße. Mein Arm!«
»Was ist damit?«
»Er tut scheißweh, was denkst du denn??«
Tastet behutsam, mit heilem Arm: »Und ist gleichzeitig irgendwie – taub!«
Schaut stöhnend unter Verbandsklumpen.
»Was ist das? Ey, ich brauch den Arm noch!«
Wegda, wegda.
Vorsichtig. Klamottenbündel ganz vorsichtig öffnen.
Sieht nicht gut aus.
Blau angelaufen. Nicht gut. Geschwollen.
»O Mann! Mein Arm!«
»Ich weiß echt nicht, was man da macht!«
Vielleicht Schwanger?
Nach Schwanger sehen!
Handy – aber klingelt schon. »Anke?«
Kiki! Gute Kiki! Wunderbare Kiki!
»O Gott, Kiki. Ich bin so froh, dich zu hören!«
»Sag mal, wo steckst du denn?«

»In der U-Bahn. Ich bin … in der U-Bahn.«
Nichts als eine U-Bahn.
»Ach du scheiße. Bauen sie wieder?«
»Nein, das ist es nicht …«
Hinterher ist man immer schlauer.
»Nimm dir halt ein Taxi!«
»Ein Taxi. Tja. Das wär's gewesen.«
»Sag mal, bist du okay?«
»Kiki, du musst uns einen Gefallen tun.«
»Was ist denn los? Du machst mir grad echt Sorgen!«
»Das ist auch … irre hier. Ich hab so was …«
Eine Bewegung. Er.
»Wir sind …«
Mühsam aufrecht. Steht. Macht trotzdem Zeichen. Zeigt: Vorsicht.
»Seit wir abgefahren sind …«
Schüttelt nachdrücklich den Kopf.
Zeigt stumm Vogel.
»Kiki, wir stecken fest!«
»In der U-Bahn, oder wie?«
»Ja!«
»Wie lang denn schon?«
~~Seit Hauptbahn~~
»Die ganze Zeit. Aber …«
~~Wir fahren und kein Bahn-~~
~~Da war ein Bahnhof mit uns selber~~
»… aber die Zentrale glaubt uns nicht.«
»Hä?«

»Ja, das ... das ist total irre. Die sagen, denen fehlt kein Zug. Dabei sitzen wir doch drin!«
»Und euer Anruf?«
»Die glauben, wir sind Hacker.«
»Arschlöcher. Ruf die Cops.«
»Das ist es ja, die glauben uns auch nicht! Weil ... weil sie sagen, dass dann ja wohl die Verkehrsbetriebe was täten!«
Blick zu ihm.
Nickt zustimmend.
»Spinnen die?«
»Ja. Eben. Du musst uns helfen. Du musst die anrufen und sagen, dass wir tatsächlich vermisst werden!«
»Ich hör dauernd: wir. Wie viele seid ihr denn?«
»Ein junger Mann ...«
Er winkt ab. Reißt aber die Augen auf. Macht mit gesunder Hand einen dicken Bauch.
Richtig: besser.
»... und eine ... eine hochschwangere Frau. Das ist doch Irrsinn, die ist mit den Nerven komplett am Ende ...«
Stimmt ja auch.
Man muss sie nur mal ansehen, wie sie im anderen Waggon –
Schwanger?
»Und das ist denen egal? Gibt's doch nicht!
Ich kümmer mich drum, klar. Wo seid ihr?«
Stimmt, wo?

Und wo ist Schwanger?
»Das ist ...«
Er voll am Kopfschütteln.
»... schwer, wir haben nicht drauf geachtet ... irgendwo zwischen Hauptbahnhof und dir ...«
Nickt zu ihr: gut.
»... in der U8 ... die Wagennummer ... Mist, die ist abgeblättert ...«
»Passt schon, die werden ja wohl noch ihre eigene U-Bahn finden. Ich mach denen die Hölle heiß!«
»Danke! Kiki, du bist ein Schatz!«
»Klar doch. Ich wusste ja nicht ... Okay, ich mach mich gleich dran.«
Kiki! Gute Kiki! Wie gut, dass –
Schwanger!
Was ist mit Schwanger?
Gibt's doch nicht!
Waggon: leer.
»Sie ist weg!!!«
»Wer?«
»Na, die schwangere Frau!«
»Wie weg?«
»Na, eben weg! Schau doch selber!«
Stopft eine Tablette in seinen Mund.
Quält sich hoch.
Auch am Sichtfenster.
Aus jedem Winkel.
»Ich seh sie echt nicht! Du?«

Er: »Vielleicht ausgestiegen?«
»Zu den Irren? Niemals!«
»Oder bewusstlos? Ruf sie doch an!«
Klar! Wahlwiederholung.
Klingelt.
»Geh ran! Geh ran!«
Verbindung bricht ab.
»He!?«
Wahlwiederholung!
Komm schon!
Er schwitzt schon wieder furchtbar.
Nimmt noch eine Tablette.
»Mach mal langsam mit den Dingern!«
»Sag das mal meinem Arm ... ouh! Hast du irgendwas zu essen?«
»Du frisst das ganze Zeug auf leeren Magen??«
»Sorry, ich wusste nicht, dass das Büfett schon eröffnet ist!«
Lehnt sich zurück.
Beinahe gemütlich. Seltsam.
Halt: gar nicht gemütlich.
Lehnt sich überhaupt nicht.
Kippt weg!
Fällt!
Halthalthalt!
Auf die Sitzbank.
»Nicht umkippen! Bleib bei mir. Erzähl mir was!«
»Hm?«
»Komm! Sag mir was. Rede mit mir!«

»Was? Ich weiß nix.«
»Was machst du? Was arbeitest du?«
»Lass mich!«
»Sag doch!«
»Fernsehen. Produktion. Assistenz. Weißt du doch alles ...«
»Ja, aber für wen? Welche Sendung?«
»Is doch egal. Sind alle gleich!«
»Welche? Sag schon!«
»Kennste nich ...«
»Wach bleiben! Welche Sendung?«
»Brock fragt.«
»Klar kenn ich die! Welche noch?«
»Brock fragt extra. Alles Brock. Brock fickt.«
»Komm, weiter. Das ist doch total spannend.«
»Lass mich in Ruhe!«
»Wie läuft das ab? Was musst du da machen?«
»Leute verkabeln. Zeigen, wo der Kaffee ist. Lass mich schlafen!«
»Komm, weiter!«
»Müde.«
»Was ist mit Promis?«
»Sind Arschlöcher.«
»Wer zum Beispiel?«
»Es ist. Saukalt hier. War blöd. Mit'm Fenster. Dass wir's. Kaputtmach.«
Kalt.
Da war was.
Kalt. Erfrieren.

Nein. Die frieren gerade eben nicht.
Kalt – Blut!
Unters Handtuch sehen.
Vorsichtig, vorsichtig.
Vollgesaugt.
Komplett. Durchtränkt.
Abbinden?
Irgendwie enger ziehen.
»Au! Spinnst du? Da ist doch schon alles taub!«
»Du verlierst Blut!«
Braucht irgendwas zu essen.
Nicht im Koffer.
Rucksack? Kann sein.
Ganz unten.
Schlüssel.
Tamponschachtel.
Lippenstift – komisch.
Lippenstift mit Rillen.
Traubenzucker.
»Hier!«
»Wie lang trägst'n die schon rum?«
»Iss!«
Zähne auf Traubenzucker.
Nicht aufhören.
»Noch einen! Los!«
Knirschknirsch.
Wenigstens wach.
Kann schon wieder selbst sitzen.
Gesichtsfarbe besser.

Kopf hoch.
»Geht's langsam wieder?«
Nickt.
Außen: dunkel.
Wie lange seit –
Was soll's?
»Was meinst du? Vielleicht träumen wir das?«
»Höchstens du. Ich soll doch nicht schlafen!«
»Oder irgendwo ist Gas ausgetreten, und wir haben Halluzinationen.«
»Und beide die gleichen? Sind wir Tick, Trick und Track?«
»Oder ich träume deine Antworten.«
»Kein Mensch träumt über Träume.«
»Manchmal versucht man, im Traum aufzuwachen.«
»Aber man diskutiert nicht drüber!«
Wirkt schon wieder wacher.
»Geht's besser?«
»Ja, geht schon.«
Okay.
Schon mal was. Und jetzt?
Noch mal Schwanger anrufen.
Keine Verbindung. »Wen können wir noch alarmieren?«
»Damit uns noch mehr Leute für irre halten?«
»Aber irgendwer muss uns doch suchen!«
»Bevor uns wer sucht, muss er erst glauben, dass wir weg sind!«
Wahlwiederholung.

Wo bist du, Schwanger?
Außen: Dunkeldunkeldunkel
»Mehr Bahnhöfe werden's auch nicht. Das kann doch alles gar nicht sein!«
Vielleicht: immer im Kreis?
Nein. U-Bahn gerade.
Sogar jetzt: Blick geht schnurgerade durch Kotzwaggon.
Geht gerade durch Schwangerwaggon.
Gerade durch Waggon hinter Schwangerwaggon.
Schnurgerade.
Aber marode.
Marode Bahn. Hier: Fensterkaputt. Dort hinten Lichtkaputt.
Nicht kaputt.
Doch kaputt.
Nicht kaputt: flackert.
Flackert eins. Flackert noch eins.
Eins aus.
Zwei flackert
Zwei drei flackern
Eins aus, zwei aus.
Jetzt auch drei aus.
Gesunden Arm anstoßen.
Blickt her.
Schau dort!
Flackern springt über. Von Nachwaggon in Schwangerwaggon.
Nachwaggon schon komplett dunkel.

Er: »Bestimmt wegen dem CO_2.«
Hinterste Lampe Schwangerwaggon fällt aus.
Flackern geht schon bis Mitte.
»Hat dein Handy auch 'ne Lampe?«
»Welches Handy?«
»Du hast kein Handy?«
»Wozu? Dass mich jeder Bulle orten kann?«
»Das wäre natürlich furchtbar.«
Schwangerwaggon halb dunkel. Halb flacker.
Vielleicht Waggongrenze dicht.
Vielleicht.
Nur weil Nachwaggon und Schwangerwaggon,
muss nicht auch ...
Flacker springt über
Erste Röhre.
Zweite.
Wenn aus, was dann?
U-Bahn bleibt stehen?
Nein.
Oder?
Dritte flacker.
Erste aus.
Blick zu ihm.
Heile Hand: Was soll's?
Auch schon egal.
Zweite aus.
Gar nicht mehr hinsehen.
Nur noch Licht vom Kotzwaggon.
Und dann er:

»Hörst du das?«

»Was?«
»Wir werden wieder langsamer.«
»Da flackert auch was.«
»Lampen?«
»Nein, außen! Andere Seite!«
Wird heller.
U-Bahn jetzt: Schritttempo.
Licht irgendwie – warm.
Material.
Kisten. Säcke. Stapel.
Baustelle?
Mensch auf Parallelgleis.
Gebückt.
Wie: Kartoffelernte.
Wie: Pilzesuchen.
Mit Bauhelm.
Mehr Licht.
Heller.
Mehr Menschen.
Mehr Hilfe.
Alarmieren!
»Hallo!«
Zu leise.
Mit flacher Hand an die Scheibe.
Zu leise. Leiser als U-Bahn.
Winken.
Nutzlos. Waggon dunkel.
Leuchtsignale. Mit Handy!
Lampe an – was zupft?

Zerrt?
Er.
Am Ärmel.
Zeigt: »Warte!«
Heile Hand deutet.
Bauarbeiter schaufeln.
Bauarbeiter leuchten.
Ohne Leuchten.
Fackeln.
Keine Lampe.
Keine einzige Lampe.
Fackeln.
Krummes Holz. Brennende Lumpen.
Tropft glühend. Öl? Pech?
U-Bahn. Kabelstränge. Warnschild: Hochspannung.
Aber: Fackeln.
Und mehr Arbeiter.
Ein Tisch.
Arbeiter am Tisch.
Großer Tisch. Abendmahl.
Dicke Beine.
Platte schwer.
Besprechung.
Fackelschein.
Nachdenklich.
Auf dem Tisch: Kinderwagen.
Große Räder.
Einer dreht Rad.
Anderer biegt Schiebestange.

Ratlos.
Wie Urmenschen.
Urmenschen vor Kinderwagen.
Gesundhand greift nach Handy.
Kopf zeigt. Kopf schüttelt.
Display leuchtet.
Display leuchtet!!
Ausausaus!
Falsch gedrückt.
Lampe

AN

Urmensch dreht sich um.
Nicht bewegen.
Sieht vielleicht nicht ...
Doch.
Urmensch schaut.
In die Augen.
Ausdruckslos.
Verschränkt Arme – nein.
Nicht verschränkt.
Macht: Babywiege.
Macht: Baby im Arm.
Wiegt Luftbaby.
Gesicht: stumpf.
Zug rollt.
Stotternd.
Jetzt nicht.

Fahrfahr*fahr.*
Zweiter Urmensch.
Sieht ersten.
Folgt Blick.
In Waggon.
Entdeckt. Entdeckt!
Dritter.
Sieht in Waggon.
Vierterfünfterviele.
Zweiter: wiegt Luftbaby.
Dritter: wiegt Luftbaby.
Vierterfünfterviele.
Wiegen Luftbabys.
Wiegen schneller.
Nicht mehr sanft.
Schnell.
Synchron. Alle Urmenschen ein Urmensch.
Schneller. Härter.
Gesichter angestrengt.
Ruckartig.
Nicht wiegen: sägen.
Gesichter verzerrt.
Schmerz.
Stöhnen.
U-Bahn zieht an. Schneller.
Fahrfahrfahr!!!!
Urmensch 1 wiegt langsamer
Alle langsamer.
Verlieren Interesse.

Erster dreht sich um.
Zweiterdritterviele.
Fackelschein Fackelschein Fackelschein
U-Bahn schnell.
Tunnel.
Fackelschein Fackelschein Fackelschein Fackelschein Fackelschein Fackelschein
Dunkel.
Sicher.
Dunkel gut. Dunkel sicher.
Inzwischen.
Vorher: Lass Dunkel enden.
Jetzt: Was kommt danach?
Handy!
»Ja?????«
»Die Notrufzentrale. Sie haben uns doch angerufen.«
»Ja. Ja! Danke, dass Sie zurückrufen. Danke! Wissen Sie, wo wir sind?«
»Sie sind also noch nicht ausgestiegen?«
»Nein! Wie denn? Wie denn??«
»Sie waren in keinem Bahnhof? Die ganze Zeit bis jetzt?«
»Nein, oder ...«
Blick zu ihm.
Sein Gesicht: ratlos im Displayblau.
»Was heißt ›oder‹?«
Was heißt »oder«?
Was soll »oder« heißen?
Was darf »oder« heißen?

~~Im Bahnhof: wir selbst~~
~~Urmenschen~~
»Hallo? Sind Sie noch dran?«
»Ja! Ja!«
»Da war also ein Bahnhof. Und Sie sind nicht ausgestiegen?«
»Bitte! Sie verstehen das falsch!«
»Nein, ich denke, das passt ganz gut. Zum Beispiel zu den zwei Notärzten, die wir zu zwei möglichen Bahnhöfen geschickt haben. Wo niemand war.«
»Wir konnten nicht raus!«
»Und wieso?«
»Die ... die Verletzung des jungen Mannes ... sie war zu stark.«
»Und Sie konnten auch nicht den Lokführer benachrichtigen, nicht wahr? Oder, um mal eine ganz abwegige Möglichkeit anzubieten, das Bahnpersonal ...?«
»Wir sind in einer U-Bahn! U! U! U!«
»Natürlich. Das hatte ich vergessen. Ist zwar kaum vorstellbar, aber bitte: Beim U-Bahn-Fahrer genügt es, wenn man aus der Tür winkt ...«
»Ich weiß ja, es müsste ...«
»Oder wenn Sie die Tür blockieren. Dann müssen Sie sich nicht bemühen, dann kommt er sogar zu Ihnen!«
Alles klingt so dumm!
»Ich weiß, Sie haben ja recht, aber – – aber das geht alles nicht!«

»Das geht schon. Das geht sogar sehr gut. Das geht vor allem, wenn man sich klarmacht, dass im gesamten Einsatzgebiet keine einzige Fahrplan-unregelmäßigkeit vorliegt.«

»Ich versteh's ja auch nicht! Sie können uns doch orten, oder?«

»Das mit Ihrem GPS-Signal ist auch so eine Sache. Sie haben ein bisschen Angst vorm bösen Überwachungsstaat, oder?«

»Was?«

»Dazu passt auch, dass hier vor Kurzem eine Frau Schurrmacher angerufen hat.«

»Kiki!«

»Die eine Geschichte erzählt hat, die uns ziemlich bekannt vorgekommen ist. Natürlich nicht ganz so konfus wie Ihre, aber im Prinzip dasselbe.«

»Aber sie stimmt doch!«

»Daran stimmt genau eines: Ihre Telefonnummer. Und dass eine Anke Lohm bei Maidemonstrationen mehrfach aktenkundig wurde ...«

»... das ist 15 Jahre her, ich bitte Sie ...«

»Genauso lang wie bei dieser Frau Schurrmacher. Wir haben das mal an die entsprechenden Stellen weitergeleitet. Ich habe keine Ahnung, was Sie und Ihre Antifa-Freunde vorhaben ...«

»Meine ...?«

Antifa-Freunde.

Nach 15 Jahren.

Das ist ein Witz. Ein Witz!
»Dann wissen Sie vielleicht auch schon, wie die mich heute nennen: Bonzerella!!«
»... aber ich schlage vor: Sie schlafen jetzt erst mal Ihren Rausch aus. Wir haben alles überprüft, ich kann Ihnen und uns versichern: Alle Züge sind da, wo sie hingehören. Eine Gefahr besteht für Sie nicht. Und morgen, gleich nach dem Aufstehen, kriegen Sie von uns eine Anzeige. Haben wir uns verstanden?«
Nichts geht mehr.
Nichts.
Er mit großen Augen.
Displayblau glänzt darin.
Licht verlöscht.
Sitzen.
Warum auch nicht?
Macht keinen Unterschied: »Ich weiß nicht, was ich noch tun soll.«
Sitzen. Stehen. Fahren. Halten.
Alles egal.
»Was soll ich denen denn erzählen? So was passiert doch alles gar nicht! Die Typen da draußen, das war doch nicht die IG Bau, Steine, Erden!«
Nicht weinen.
Warum nicht?
Macht keinen Unterschied.
Irgendwie doch.
Knisterknisterknister im Dunkel.

Zählt Schmerztabletten.
KnisterknisterKNIST!
Eine rausgedrückt.
Display an.
Die vorletzte.
Schaut zu ihr.
Zuckt mit der Schulter.
»Bonzerella?«
Zurückzucken.
Und wenn schon?
Einmal noch versuchen.
Gerade jetzt, im Dunklen.
Zum Sichtfenster.
Nummer wählen.
Geh ran, Schwanger!
Handy könnte leuchten.
Freizeichen.
Bitte! Licht im Schwangerwaggon!
Leuchte! Leuchte!
Finster.
Klingeln lassen.
Klingeln lassen.
Mailbox.
»Wo bist du? Ich mach mir Sorgen! Ruf zurück.«
Dunkel.
Displaylicht.
U-Bahn-Lärm.
Ohne Fenster: Lärm XL.
»Wer war das?«

»Die Mailbox.«
»Wie hieß sie eigentlich?«
»Wie *heißt* sie.«
»Und? Wie?«
»Wie ihre Telefonnummer.«
Frage berechtigt.
Name wäre schön. Denn: »Die war ganz nett.«
U-Bahn-Lärm.
»Findste nicht auch?«
Heile Schulter zuckt. Kopf nickt ab. Na also.
»Und du bist auch ganz nett.«
»Danke.«
»Das mit der Zigarette war blöd, aber ... du hast sie ja dann nicht mal angezündet.«
Lächelt schwach.
Klopft seine Taschen ab. Kein Feuer, jaja.
»Ich bin auch ganz nett. Okay, mein Vater findet mich anstrengend. Und mein Ex, also der Ex vor dem Ex, der hält mich für verkrampft. Und meine Abteilung findet mich öfter kleinlich. Aber sonst finden sie mich ganz nett. Privat wenigstens.
Und du?«
Stille.
Stille mit Lärm.
»Hallo, ich rede mit dir! Würdest du sagen, dass ich auch ganz nett bin?«
Mehr Stille mit Lärm.
»Bist schon in Ordnung.«
Eben.

»Ich sag nicht, dass wir supertoll sind. Ich bin nicht supertoll. Du bist auch nicht supertoll. Und sie ...«

Pause ersetzt Namen.

»... sie war's auch nicht. Hat sich vielleicht so gefühlt, war aber bloß schwanger. Trotzdem ganz nett.«

Man soll nicht schlecht über ...

Sie war nicht ...

Sie heißt.

Und *ist*.

War auch nicht schlechtgeredet.

Aber: nicht supertoll.

»Alles lauter nette Menschen. Uns sollte so was nicht passieren. So was sollte Hitler passieren. Hitler und Trump.«

»Nur Männern?«

»Und Margot Honecker. Aber denen passiert nie was. Es passiert nie den Leuten, die's mal verdienen würden.«

»Denen passiert schon auch was.«

»Ja? Was denn? Wann hat einer von denen je mal 'nen Bus verpasst? Ist Stalin je im Aufzug festgesessen?«

»Weiß ich nicht.«

»Ist er nicht. Und warum?«

Lärmstille.

»Ich sag's dir: Weil so was passiert immer nur normalen Leuten! Und dann sitzt du in der Scheiße

und denkst: Was hab ich verbrochen? Ich bin
doch nur nett und normal! Wieso passiert das mir?
Und weißt du, was ich glaube?«
Ächzen in der Lärmstille.
»Ich habe gefragt, ob du weißt, was ich glaube??«
»Na sag schon.«
»Ich glaube: Es passiert uns genau deshalb.«
Musste mal raus.
Handy fliegt auf die Sitzbank.
Display erlischt.
Stockdunkel.
Und er: »Sauber«.
Dann: nichts.

Alles gesagt.

Lärmstille.
Und plötzlich: Licht.
Klein. Entfernt.
Nachwaggon.
Leuchtröhre.
Noch eine.
Blick zu ihm.
Blick zurück.
Licht.
Lichter.
Alle Leuchten leuchten.
Knacken vom Lautsprecher.

»Die nächste Station:

NAME EINFÜGEN.

Ausstieg in Fahrtrichtung rechts.

Next station:

NAME EINFÜGEN.

Exit to the right.«

Blick hin.

Blick her.

»Was soll jetzt das?«

Achselzucken, einarmig: »Ich weiß nur, dass ich keinen Bock auf die Typen hab.«

»Meinst du, die sind in jedem Bahnhof?«

»Kann doch sein.«

Gut möglich. »Dann steigen wir nicht aus.«

»Schon klar. Aber was, wenn die einsteigen?«

»Wieso?«

»Willst *du* mit denen diskutieren?«

Auf einmal: Puls. Im Hals.

»Aber die können doch nicht rein!«

»Warum nicht? Bloß, weil's vorhin nicht ging?«

PULS

Im HALS

Räuspern.

Ruhig. Ruhig.

»Und? Was sollen wir tun?«

Er sucht.

Suchtsucht TascheTasche Jacke wie Hose

»Ich nehm mein' Schlüsselbund. Hast du was?«

»Wofür?«

»Um die aufs Maul zu hauen!«

PULS

»Nein. Woher soll ich – oder … doch: Pfefferspray!«
»Gut.«
»Ist aber alt. Drei Jahre, sicher.«
»Muss gehen.«
Schaut auf die Türen.
Schätzt. »Pass auf, wir machen's so: Wir halten sie direkt an der Tür in der Mitte auf.«
»Und wenn sie eine andere nehmen?«
»Dann müssen wir hinterher. Oder … au! … besser: Du. Du sprühst denen voll in die Fresse.«
»Und wenn sie einen anderen Wagen nehmen?«
»Pech. Wir können nur unseren bewachen.«
Richtig.
»Und dann?«
»Dann hoffen wir, dass es schnell weitergeht.«
»Bis zum nächsten Bahnhof. Und da dann wieder? Und wieder und wieder?«
»Sorry, ich hab deine bessere Idee überhört. Wie ging die noch mal?«
»Schon gut.«
Rucksack: Pfefferspray!
War wo?
Wann zuletzt …?
Lang her.
Einmal rein, nie mehr raus.
Außentasche.

Dose raus, Deckel ab.
Deckel angeknackst.
Testsprühen?
Nichts riskieren.
Mit ihm zur Tür.
U-Bahn langsamer.
Schiebt sich vor.
»Du musst hinter mich. Wenn sie woanders reinwollen, kannst du schneller wechseln.«
Tunnel heller.

PULS

Hinaus ins Licht.
Bahnsteig zieht vorbei.
Sitze.
Feuerlöscher.
Infokästen.
Und niemand.
»Siehst du wen?«
Seine Stimme: rau.
Unsicher.
»Nein …«
Vorbeugen.
Seitlicher Blickwinkel.
Mehr Bahnsteig sichtbar.
Hell.
Übersichtlich.
Niemand.
U-Bahn langsamer.

U-Bahn laaaaannnggg
– stoppt.
Immer noch niemand.
Niemand kommt.

»**NAME EINFÜGEN**«

Alle Türen auf.
Kopf raus.
Vorsicht.
Links. Rechts.
»Ich seh niemanden.«
»Ich auch nicht.«
Noch mal gründlich! Links!
Rechts!
»Riskieren wir's?«
Zögert.
»Ja oder nein?«
»Woher soll ich das wissen?«
»Okay. Ich sag: Alles ist besser als die Scheißbahn.
Komm mit!«
Nachhelfen.
Am heilen Ärmel.
»Lass los, ich komm doch!«
Zur Sitzreihe.
»Okay, du bleibst hier!«
»Und du?«
»Ich seh mir das Arschloch an, das die Kiste fährt!«
Zurück zur Bahn und –
Waggontür offen.
Dreckskoffer.

Weit vorn: Führerstand.
Niemand zu sehen.
Koffer.
Führerstand.
Koffer-Führerstand
Koffer!
In den Waggon.
Schnell!
Schnell!!
Bleib offen! Bleib offen!
Nicht schließen.
Koffer! Koffer!
Verhakt.
Trennwand
Verkantet!
Schwer.
Türsignal.
Nein!
Noch nicht!
»Bitte zurücktreten!«
Rausraus
Ganzes Gewicht
Rückwärts
Fallen.
Koffer hinterher.
Raus!
Bahnsteig im Kreuz.
Koffer daneben.
Türen zu.

Das Arschloch!
Sieht Verletzten nicht?
Unmöglich!
Arschloch!
»Halt! Hallo! Wir brauchen Hilfe!!!«
Dreckschwein!
Bahn fährt an.
So nicht!
Kaufichmir!
Flache Schuhe gute Schuhe.
Kabine dunkel.
Einmal ansehen!
Zeig dich!
Führerstand
Fahrerfenster
Fahrerhand
Wo Hand, da Gesicht!
Beschleunigt.
Feige Sau.
Immer gut im Sport!
Machdichfertig
Landesauswahl. Hürdenlauf.
Nichtmitmir.
Drecksau.
Fahrerhand kriegt Fahrerarm
Einmal das Gesicht!
Nur einmal!
Und dann: Ex-Fahrer!
Bahnsteig Ende!

Bahn schneller
Kein-Durchgang-Gitter.
Hürden Jump!
Hand-Arm-Schulter habdichgleich
ZEIG
MIR
DEIN

G E S I C H T

Nicht!
Nicht auf Kopf
Hände vor
REISSSSSSSSSSSSSSSSSSSSSSSSSSSSSSSSSSSSSS
Knie Boden
Abrollen
Hand vor. Abrollen.
Kopf schutz
Bahn dunkel dunkler fort.
Arsch.
Loch.
Nicht bewegen.
Vorsichtig.
Liegen bleiben.
Kein Schmerz.
Nie beim Sturz, immer erst danach
Liegen. Sortieren.
Test. Test.

Bewegung?
Arm?
Geht.
Beide Arme?
Geht.
Knie bewegen: geht so
Beide Knie?
Glück!
Knöchel?
Was war?
Blick zurück.
Mantelfetzen im Kein-Durchgang-Gitter
Aufstehen.
Geht.
Gut.
Zurück zu ihm.
Ruhig bleiben.
Vernünftig.
Nur Sturz.
Atem normal.
Adrenalin runter.
Orientieren.
Kümmern.
Dort: er.
Gut. Dann: orientieren.
Station heißt?
Kein Schild.
Fehlt?
Fehlt nicht.

Nicht da.
Wo steht Name sonst?
An der Wand.
Oder: hängt von Decke.
Hier: nicht.
Station neu?
Gegenteil.
Boden Kratzer.
Wände fleckig.
Frühe 80er.
Infokasten.
Umweltabo.
Tarif: Wenn über zwei Ringe in drei Zonen Stufe B.
Roger over hä?
Netzstreckenplan.
Sie befinden sich wo?
Niemand befindet sich nirgends.
Zurück zu ihm.
»Kennst du die Station?«
»Sieht aus wie alle.«
Kurze Antwort.
Wieder mehr Schmerzen, vermutlich.
Wenig Worte, viel Schmerz.
»Aber willst du nicht wissen, wie die heißt?«
»Wozu? Das grade war ja wohl auch nicht
die U8, oder?«
Auch wahr.
»Was war das für ein Typ?«
»Wer?«

»Der Fahrer.«
»Hab ihn nicht mehr erwischt.«
Mantel zeigen. »Hast du's nicht gesehen? Der Bahnsteig war zu kurz. Hab mich hingelegt.«
»Schlimm?«
»Geht.«
Koffer einsam.
Bahnsteigkante.
Holen.
Quietscht.
»Ich sag dir, was wir jetzt machen: Wir gehen da hoch, und ich nehm mir ein Taxi zur Notaufnahme.«
»Aber was ... Was ist mit der ganzen Sache? Mit all dem hier. Das kann man doch nicht einfach so hinnehmen!«
»Weißt du, wie weh dieser Scheißarm tut? Ich kann froh sein, wenn ich den überhaupt noch mal irgendwie benutzen kann. Ich geb dir meine Telefonnummer, du gibst mir deine, morgen rufen wir uns an und finden raus, was wir machen. Okay?«
Irgendwie nicht richtig.
Nicht fair.
Aber: erwachsen sein!
Verantwortung. Prioritäten.
Prio eins: sein Arm.
»Okay.«
Nummer aufschreiben.
Zettel.

Rüber.
Lächelt schwach: »Ist das auch die echte?«
»Wenn du ein Handy hättest, könntest du's rausfinden.«
Schaut komisch.
»Wenn du deinen Arm nur zerlegst, um an meine Nummer zu kommen, hast du sie dir auf jeden Fall verdient.«
»Auhh. Das will ich meinen.«
Steht auf. Setzt sich.
Neuer Versuch.
Steht auf. Sitzt. Wieder.
»Lass mal sehen!«
»Geht schon!«
»Ein Scheiß geht. Zeig her!«
Altes Blut.
Aber auch frisches. Nicht gut.
»Ich brauch nur 'ne kurze Pause.«
»Vorschlag: Ich hol dir ein Taxi. Ich geh hoch, besorge ein Taxi, und der Fahrer kann dir dann helfen.«
Kopfschütteln. Steht wieder auf.
Sackt wieder hin.
»Hast du verstanden, was ich gesagt habe?«
»Ja doch!«
Steht a – bleibt sitzen.
Schaut hoch: »Ist okay.«
Jetzt sehr kleiner Junge: »Du lässt mich hier nicht sitzen, oder?«

»Doch. Aber mit meinem Koffer.«
Kleiner Junge überlegt.
»Liegt dir was an dem?«
»Den will ich möglichst schnell loswerden.«
Kleiner Junge besorgt.
»Aber ich hab ihn trotzdem rausgeholt, oder?«
Junge schließt Augen.
Winkt ab. Audienz beendet.
Aufstehen.
Rolltreppe. Hoch.
Oben: Licht.
Leer.
Vorsicht! Irre?
Aber: still.
Keine Schritte.
Keine Irren.
Nur Zwischengeschoss.
Normal hässlich.
Schnellback: zu.
Bier-Kiosk: zu.
Schaufenster: dunkel.
Blumenshop: zu.
Längere Gänge. Verwinkelt.
Schrittecho.
Gut gegen Irre: Anschleichen unmöglich.
Hört man rechtzeitig.
Orientieren.
Etage spreizt sich aus. Vier Richtungen.
Große Etage. Große Station.

Wohl große Kreuzung.
Name? Egal.
Straßenschilder oben. Später.
Welcher Gang jetzt?
Alle gleich.
Nächstbester.

Gut.
Laden. Laden. Letzter Laden vor der Treppe.
Doch noch nicht.
Okay. Biegung: Laden.
Weitere Ecke.
Typisch 70er.
Näher beim Menschen.
Decken tief. Kleinteilig. Wohnen in Zement.
Dingdong, Sichtbetong.
Fliesen. Affenhaus.
Stahltür: Nur für Personal.
Wie verwinkelt kann man bauen?
Gut, aber jetzt –
Wieso Rolltreppe runter?
Ausgang verpasst.
Noch mal.
Passage, Passage, Laden, Laden.
Laden, der aussieht wie Abschluss-Laden.
Die überflüssige Ecke.
Nächster Laden.
Schaufenster. Stahltür für Personal.

Seltsame Biegung und ...
Rolltreppe runter.
Stadtplaner.
Schwachköpfe.
Anderer Gang.
Gibt ja genug.
Gang weit, Gang breit, Läden.
Gang enger, Schaukästen.
Toilette. Zu.
Rauchverbot.
Hausordnung.
Infos für Reinkommer.
Also: Richtung für Rausgeher.
Netzplan.
Tarifposter.
Yes. Und jetzt
Laden.
Läden.
Rolltreppe runter.
Neeneeneeneenee.
Wieder verpasst?!
Zurück.
Gleichen Weg zurück!
Läden. Laden
Tarifposter.
Netzplan. Hausordnung.
Rauchverbot.
Okay, Toilette noch. Muss auch sein. Und jetzt –
Schaukästen: alte Coronaposter.

Gang eng.
Gang weit. Laden – Läden
Schild:

Rolltreppe runter.
Vielleicht andere Rolltreppe?
Blick runter.
Nein: Rolltreppe zum Gleis.
Einzige Rolltreppe.
Dieselbe Rolltreppe.
Unmöglich.
Irrtum.
Oder Geldmangel. Nicht fertig.
Oder mitten im Bau: Anwohner geklagt.
Gericht verbietet Bau-Teile.
Irgendwie fertiggeflickt.
Erst Provisorium. Dann bleibt's so.
Prinzip: Köln.
Nächster Gang.
Genug übrig.
Gang ganz schmal.
Gar kein Laden.
Kein Poster.
Kein Mensch.
Weiter.
Muss ja wo hinführen.
Treppe: runter.
Winkel winkel noch mal runter

Noch mal.
Langer Gang.
Gleis.
Nur Fußweg zum Gleis. Alles klar.
Falls Lift kaputt und Brandschutz.
Wieder hoch.
Diesmal Treppe, nicht Rolltreppe.
Zwischengeschoss.
Nächster Gang.
Breit. Weit.
Wasser.
Plätschern.
Lauter, lauter.
Wasserspiel.
Wasser aus Orgelpfeifen an Wand.
Kleines Becken.
U-Bahn-Kunst.
Wasser läuft. Nicht abgestellt. Nicht stillgelegt.
Gut.
Werbe-Ströer: Schleimer – new album out now!
Werbe-Ströer: Sei ganz du selbst!
Werbe-Ströer: Rauch dich glücklich.
Plakate: neu.
Nicht stillgelegt.
Gut.
Weitbreit wird schmal, danach wieder breit.
Mehr Läden: zu.
Rundherum.
Kreis. Laden-Arena.

Weitere Toilette: zu. Stahltür.
Espresso-Bar: zu.
Fleischer: zu. Bäcker: zu. Totolottozigaretten: zu.
Nur für Personal, Stahltür.
Rütteln. Zu.
Was noch?
Nichts.
Wieder Schmalstelle.
Wieder Werbe-Ströer: Rauch, selbst, out now.
Wasserorgel.
Wasserorgel!
NICHT MÖGLICH
Noch mal Kreis. Laden-Arena,
Muss, muss!

MUSS!!!

Barfleischerbäckertotozigarettenbar: zu.
Werbe-Ströer.
Wasserorgel!
Nicht MÖGLICH!
Ganz langsam.
Gründlich!
Unmöglich.
Zurück: Rolltreppe runter.
Noch mal: Wand.
Wand zur Rechten.
Wand folgen. Immer Wand folgen.
Bei Gabelung immer: rechts.
Dann irgendwann: außen.

Muss. Automatisch. Oder wieder am Start.
Augen auf.
Müde. Augen trocken.
Wald vor lauter Bäumen nicht – Ausgang vor lauter Weißnicht.
Jede Tür: rütteln.
Laden, Einbruch, egal.
Zu. Zu. Zu.
Weiter weiter.
Drittes Klo. Offen.
Hinein, jede Kabine. Jede Tür.
Kein Fenster.
Wieder raus. Wand zur Rechten.
JEDE TÜR!
JEDE TÜR!
JEDER GANG.
WAND ZUR RECHTEN.
WAND
ZUR RECHTEN.
WER BAUT
SO
VIEL

WAND?

Rolltreppe

r u
n t
e r
u n
t e
r u
n t
e r
u n
t e
r u
n t
e r
u n
t e
e r
u n
t e
r u
n t

Schläft.
Bewusstlos.
Heilen Arm anschubsen.
Wach.
»Hm? Ist das Taxi da?«
Leere.
»Das Taxi! Du erinnerst dich?«
»Wir kommen nicht raus.«
»Ist zu oder was?«
»Da ist nichts.«
»Wie – nichts?«
»Da ist keine Treppe, da ist keine Tür, da ist kein Lift. Da ist nur Nichts.«
»Zugesperrt?«
»Hörst du mir eigentlich zu? Da müsste dann ja was sein, was man zusperren könnte.«
»Und was ist dann da?«
»NICHTS!!!«
»Zugemauert?«
»Da sind Schilder. Zum Ausgang. Und wenn du da hinkommst, dann ist da: kein Ausgang!«
»Sondern?«
Himmelnochmal!
»Weißt du, wie ein Ausgang aussieht? Gut. Und überall da, wo ein Ausgang sein müsste – da ist alles, was *kein* Ausgang ist!«
»Kapier ich nicht. Was ist dann da, wo kein Ausgang sein soll?«
»DA IST AUCH KEIN AUSGANG!«

»Aber dann hat doch die ganze Etage keinen Sinn!«
»Der ganze Bahnhof hat keinen Sinn!«
»Ich weiß nicht …«
»Willst du's nachprüfen? Nur zu.«
Steht auf. Wackelt.
»Ruh dich ruhig noch aus. Wir haben jede Menge Zeit. Uns läuft hier nichts davon.«
Sitzt.
Steht auf. Wackelt.
»Ich bin's abgelaufen. Alles. Sogar die Klos.«
Wackelt.
Sitzt.
»Ich glaub's dir.«
Stille.
Ächzt.
Wirken die Pillen noch?
Dann: »Und jetzt?«
Achselzucken.
Pause.
Holt Luft. Sagt nichts.
Mehr Pause.
»Du hast noch gar nicht gesagt, was du so arbeitest …«
»Machen wir jetzt Small Talk?«
»Na ja, ich bin bloß beim Fernsehen, aber vielleicht arbeitest du ja was, was wir brauchen können.«
»Meinst du, ich bin Maulwurf und hab's aber irgendwie verdrängt, oder was?«

»Vergiss es.«
»Ich mach Bücher!«
»Schon gut.«
»Ich schau, ob wir 'ne geile Farbe aufm Cover haben und 'ne gute Schrift. Dann zeig ich die Entwürfe unserem Vertrieb, und der will dann eine andere Scheißfarbe und eine andere Scheißschrift. Und am besten auch einen anderen Inhalt. Tja, und was meinst jetzt *du* dazu – hilft uns das was? Oder eher nicht so?«
»Hätte ja sein können.«
»Klar, die Tusse findet oben keinen Ausgang, und unten weiß sie nicht mal mehr, was sie arbeitet. Da bin ich aber froh, dass wir Mister Versteckte Kamera dabeihaben, der kann mich ja dann wieder dran erinnern!«
»Leben heißt scharnieren.«
»Was??«
»Steht da.«
Zeigt auf Bahnsteig-Ecke.
Fieber?
Was soll da sein?
Hingehen. Nachsehen.
Vielleicht dreht er schon durch.
Also auf.
Da ist aber: nichts.
Blick zurück zu ihm.
Heiler Arm zeigt weiter nach hinten.
Okay.

Da ist was.
Kleine Maus.
Immer an der Wand lang, immer an der Wand lang.
Maus nach links.
Nische.
Putz am Boden.
Risse an der Wand.
Unterm Putz: Fliesen. Weiß.
Erst gefliest, danach verputzt. Jetzt gebröckelt.
Fliesenfleck im Putzloch.
Graffiti.
Tags. Penis.
Schrift.
Tatsächlich: »Leben heißt scharnieren«
Ein Datum?
Ein Hinweis, wann?
Oder von wem?
Putz lose. Mehr abbröckeln. Geht leicht.
Weiterer Penis.
Buchstaben.
»Wir werden«
Abbröckeln.
»erwartet«
Handy.
»Ja!!«
»In was für eine Scheiße reitest du mich da rein?«
»Kiki!!! Das ist so gut, dich zu hören!«
»Garnichts Kiki! Weißt du, dass die Bullen jetzt bei mir anrufen?«

»Das ist doch gut!«
»Klar. Super. Die erzählen mir allerdings eine ganz andere Geschichte. Die erzählen, dass es nur ein Problem gibt: dich. Dass du komplett zugedröhnt bist.«
»Das stimmt nicht!«
»Dass du denen überhaupt nicht gesagt hast, dass ihr feststeckt. Sondern dass ihr endlos fahrt!«
»Das war ja auch so, aber ich hatte Angst, dass du mir nicht glaubst!«
»Also schön. Ihr fahrt. Und die schicken euch sogar Ambulanzen, obwohl ihnen nicht mal ein Zug fehlt. Obwohl ihr alle Zentralen wahnsinnig macht. Seit wann nimmst du das Zeug wieder?«
»Ich nehm seit 15 Jahren nichts!«
»Und wieso steigt ihr dann nicht einfach am nächsten Bahnhof aus? Wie normale Menschen?«
»Wir ... wir sind ... ausgestiegen ...«
»Nämlich wo?«
»Ich weiß es nicht!«
»Du, ich hab keine Ahnung, wie ihr das in Hannover macht, aber bei uns gibt es dafür große Schilder. Da steht das drauf.«
»Da ist keins. Da ist keins!«
»Dann geh auf die Straße. Weißt du, diese Stadt hier, die ist so hip, die schreibt die Namen von allen Straßen immer gleich dazu!«
»Es ist nur ...«

»WAS???«
»Es ist ... Wahnsinn. An dem Bahnhof ... dem, wo wir nicht raus sind ... da waren Leute ... wie wir!«
»Anke, an jedem idiotischen Bahnhof sind Leute wie du. Es ist jetzt halb drei in der Früh, sag mir bitte eines: Wo ist dein Scheißproblem?«
»Nichts ... es ist schon gut ...«
»Weißt du, andere Leute müssen auch mal schlafen. Mit den Bullen bist du ja in bestem Kontakt, dann kann ich mich jetzt aufs Ohr hauen. Mach, was du willst, ist mir egal, du weißt ja, wo der Schlüssel ist. Lass dich rein und mach wenigstens keinen Krach.«
»Okay.«
»Und such dir künftig wen anderes, der für dich die Bullen anruft.«
Aufgelegt.
»Wir werden erwartet«
Jetzt wohl nicht mehr.
Zurück zu ihm.
Sein Blick: aufs Telefon.
Fragende Augenbrauen.
»War Kiki.«
»Und?«
»Wir haben's verkackt.«
»Was?«
»Die Bullen haben bei ihr angerufen. Jetzt glaubt sie uns auch nicht mehr. Wir haben's verkackt.«

»Wir? Du!«
»Ich?«
»Du hast es verkackt! Du hast von Anfang an das Falsche erzählt!«
»Ich habe was??«
»Der Zug fährt ewig. Es gibt keine Schilder!
Das glaubt doch kein Mensch. Da kommt doch keine Sau!«
»Aber du hättest ...«
»Nach mir hätten sie wenigstens noch gesucht, weil ich sie sauer gemacht habe!«
»Was soll das helfen? Uns kann niemand orten!«
»Nicht auf den Meter genau, aber die Funkzelle muss ja wohl gehen. Sie hätten gewusst: Irgendwo hier geht uns ein Arschloch auf den Sack! Und sie hätten eine Streife losgeschickt, zwei Streifen, hundert Streifen. Weil die Bullen es nicht mögen, wenn man sie anscheißt. Und dann hätten sie uns gefunden!«
»Das ist doch ...«
»Halt doch einfach mal die Fresse, Frau Buchmanagerin! Das würde schon mal was helfen. Weil nämlich *du* so viel Scheiße geredet hast, gehen die jetzt einfach nicht mehr an den Apparat!«
»Du hast doch nie was dagegen ...«
»Jaaah. Ich Schwachkopf hab dich quatschen lassen. Ich denk mir, das ist eine erwachsene Frau aus einer richtigen Firma mit einem Klassejob, die weiß schon, wie man so was regelt. Aber null. Ich sag dir

mal was: Du quatschst einfach zu viel. Hier noch ein Detail und da noch eine Scheiße, und deswegen machen die Bullen genau dasselbe wie alle anderen Leute, wenn du anrufst: Sie gehen einfach nicht mehr ran. Und ich sitze hier und krepiere an einer Blutvergiftung in der dämlichsten U-Bahn-Station der Welt.«
Stimme brüchig.
Schmerzen.
Nur Tabletten.
Arm irgendwie zurechtgeklebt.
Jede Minute schlecht für Heilung.
Verständlich.
Verständlich.
Kann nichts dafür.
Meint es nicht so.
Hat Angst.
Aber:
»Ich doch auch! ***ICH DOCH AUCH!*** Ich komm hier doch auch nicht raus!«
Ein Witz.
»Und wenn du hier an einer Blutvergiftung eingehst, dann verhunger ich eben!«
Alles ein Witz hier.
Feuerlöscher.
Graffiti.
Toiletten.
Werbe-Ströer.
Sogar Automaten!

Für Erfrischungen!
Für wen denn? Für wen???
»Oder glaubst du, dass dieses Ding hier besser funktioniert als die Scheißnotbremse?!«
1,50.
Für 'ne Cola.
Was soll's.
Sogar passend.
Friss das, Scheißkasten!
Friss das, wie du Schwanger gefressen hast!
Eins.
Fünf. Zig.
Geldrückgabe. Aber sicher.
Cola: E4.
Mach mal Pause.
Sooo, E.
Haste nicht gedacht, dass hier wer was kauft, hm?
Geblufft.
Will sehen!
4
Push
Surrt.
KLOMPP!
Flasche Coke.
Im Ausgabefach.
Blick zu ihm.
Augen aufgerissen.
Wie Reh im Scheinwerfer.
Bücken.

Die Klappe.
Mal probieren.
Geht schwer. Automatklappe immer schwer.
Nichts für alte Leute.
Ganzes Leben nichts für alte Leute.
Und jetzt?
Hand rein?
Will sehen.
Nicht gedacht, dass hier wer was kauft?
Oder nur drauf gewartet, dass hier wer was kauft?
Hand rein?
Und dann?
Hand ab?
Gibt's doch gar nicht!
Was erwartet Hand?
Wer erwartet wen?
Reh hält Luft an.
Leck mich.
Rein!
Bocca della verità.
Raus!
Flasche Coke.
Tatsächlich.
Kunststoff.
Pfand: 25 Cent.
Sogar kühl.
Blick zu ihm.
Verwirrt.
Zu ihm.

Setzen.
Tja.
Flasche Coke.
Kein Staub.
Öffnen.
Zischt.
Schluck.
Wie Cola. Schaumig, zu schaumig.
Cola frisch immer zu schaumig.
Fanta nicht schaumig. Sprite nicht schaumig.
Cola schaumig. Seltsam.
Blick zu ihm.
Auch'n Schluck?
Nimmt.
Trinkt.
Trinkt viel.
Halt – egal.
Besser bei ihm.
Trinkt weiter. Immerhin Zucker. Gut.
Schaut entspannter.
Setzt Flasche ab. Dann: »Sorry.«
»Hm?«
»Wegen vorhin.«
»Schon gut.«
Leert Flasche. Betrachtet sie.
Etikett.
Verfallsdatum.
»Hinüber?«
»Im Gegenteil. Noch lang nicht.«

Betrachtet Etikett.
»Irgendwer muss da nachfüllen.«
Betrachtet Automat: »Und dann ja wohl auch mal das Geld mitnehmen.«
»Möglich. Aber ich warte hier nicht, bis da einer meine 1,50 rausholt.«
»Sondern?«
»Keine Ahnung, wie dieser Bahnhof tickt. Aber eines steht fest: Man kann hier landen. Und wenn man hier landen kann, dann kann man hier auch wieder weg.«
»Wie in der Türkei.«
Nicht beirren lassen.
Logisch bleiben.
Schritt für Schritt.
Aufstehen.
Bahnsteigkante.
Blick nach links.
»Da kommen wir her. Da geht es auf jeden Fall zum Hauptbahnhof.«
»Muss weit sein.«
»Ja. Und voll seltsamer Leute. Scheidet also aus.«
»Du willst in die andere Richtung?«
»Fällt dir was Besseres ein?«
»Besser, als durch einen dunklen Tunnel voller Ratten latschen?«
»'nen anderen Plan hab ich nicht. Mehr.«
Schaut.
Denkt.

Wirkt fitter als vorhin.
Cola vielleicht doch gesund.
Greift in Jackentasche. Blister raus.
»Was soll's? Bis Hauptbahnhof reichen deine Tabletten eh nicht mehr.«
Drückt Tablette raus. Ächzt. Schluckt.
Zerknüllt Blister.
Wirft.
Trifft Papierkorb
Nicht.
»Du musst nicht mit. Ich kann auch allein gehen.«
»Wie viel Akku haste noch?«
»Das Display wird wohl 'ne Stunde reichen.«
»Das reicht länger. Wenn wir erst mal wissen, wie's im Tunnel aussieht, wird sich nicht mehr so viel ändern. Da können wir Akku sparen.«
Zieht richtig mit. Gut.
Könnte klappen.
Steht auf. Kommt mit.
Bahnsteig-Ende.
Personal-Durchgang. Mit Mantelfetzen.
Geht nicht auf. Dann drüberklettern.
Helfen. Stützen.
Auch für ihn machbar.
Tunnel studieren.
Hier, wo noch Licht.
Unten: lang gezogene Hülle, folgt Gleis.
»Da ist der Strom, da bleiben wir also besser weg.«
Zieht er zurück?

Nein: »Kein Problem. Platz genug ist da. Außer wenn ein Zug kommt.«
»Bisher ist auch keiner gekommen.«
Dunkler.
Personalweg schmaler.
Bahnsteiginsel zwischen den Gleisen bald zu Ende.
Schon mal runter ins Gleis.
»Bleib mal oben. Ich schau, wie's aussieht.«
Schotterbett.
Schritte.
Tunnel erkennbar.
Von der Konstruktion her okay.
Zurück zu ihm. Aufbruch.
»Alles klar, es sind zwei Gleise, dazwischen Betonpfeiler. Wenn ein Zug kommt, wechseln wir das Gleis.«
»Und wenn zwei kommen?«
»Wo sollen da zwei Züge herkommen?«
»Famous last words.«
»Dann bleiben wir dazwischen und ziehen den Bauch ein. Los jetzt!«
Steht am Bahnsteigende.
Nervöses Kind.
Aber ganz einfach. Gibt sogar Stufen.
Steigt herunter. Übervorsichtig.
»Ich freu mich schon auf deinen Rettungsschacht.«
Noch ein bisschen leuchten.
Vertrauensbildende Maßnahme.
Vormachen. Im Gleisbett gehen.

Möglichst weit vom Strom.
Fuß an der Schiene entlang.
Ganz einfach.
Hinter ihr, nicht weit: seine Schritte.
Richtig dunkel jetzt.
Trotz Gewöhnung fast schon schwarz.
Reden?
Wirkt vielleicht unsicher.
Lieber nicht.
Alles ganz normal.
Nur ein bisschen dunkel.
Tut nicht weh.
Blinde leben so. Immer.
»Gab's früher nicht mal so 'ne Tunnelbeleuchtung?«
»Wieso? Hast du Angst im Dunklen?«
»Angst? Nee, es wäre nur – – uh, da war was Weiches! Leucht mal her!«
»Da war ich auch grad. Das ist'n Schuh.«
»Wieso ist da'n Schuh?«
»Na, weil ihn wer nicht mehr braucht.«
»Und was ist mit dem zweiten?«
»Vielleicht hat er nur den.«
»Wer hat denn nur einen Schuh?«
»Leute mit Holzbein.«
Schritte.
Schotterklick.
Gewöhnung.
Geräusche: Zugluft, Schotterklick.
Rechtes Bein immer Schienenkontakt.

Gewöhnung: Schwellenabstand.
Er auch: Schritte regelmäßig.
Ratten: keine.
Hände sinken. Erst noch: nach vorne, vorsichtshalber.
Dann: wozu?
Nichts im Weg. Nicht mal Spinnweben.
Wo Schiene, da frei.
Logisch.
Vorne nur: Zukunft.
Oder: ewig dunkel. Ewig laufen.
Ist so Zukunft?
Ist so Tod?
Tod: ewig Nichts.
Oder ewig Himmel.
Oder ewig Schotter?
Warum nicht? Nur schwarz, nur dunkel, alles denkbar.
Und müde.
Schotterklick, Schotterklack.
Klingt Mitte Gleisbett immer einen Hauch tiefer als Rand.
Klick
Klack
Klick
Klack
Er auch.
Klick
Klack

Klick
Klack
Feel drunk, but I'm sober.
I'm young and I'm underpaid
I'm tired, but I'm working, yeah
Klick
Klack
I'm sad, but I'm laughing
Brave, but I'm chicken shit
I'm lost but I'm hopeful, baby
What it all comes down to
Is that I haven't got it all figured out just yet.
Einmal im Kopf, nicht wieder raus.
Klick
Klack
Wie lange schon?
Wie weit.
Lange kein Licht mehr.
Vorhin noch öfter. Jetzt
Klick
Klack
I'm here but I'm really gone
Klick
Klack
Und ein Stöhnen.
Schon länger?
Oder erst jetzt?
Ansprechen? Besser nicht?
Kompromiss: »Was denkst du?«

»An die Zeit, als noch Tabletten übrig waren.«
»Tut mir leid.«
»Schon okay. Und du?«
»Ich suche Anhaltspunkte dafür, dass wir nicht wahnsinnig sind.«
»Vielleicht sind wir's.«
»Beide?«
»Warum nicht?«
»Es treffen sich zwei in der U-Bahn und werden gleichzeitig wahnsinnig? Zu viel Zufall.«
Klick
Klack
»Vielleicht waren wir's ja schon vorher?«
»Und dann treffen ausgerechnet wir uns in der U-Bahn? Immer noch zu viel Zufall.«
»Und wenn schon.«
»Ich glaube nicht an Zufälle.«
»In Parallelwelten gibt es keinen Zufall.«
»Ich glaube auch nicht an Parallelwelten.«
»Dann ist es halt Schicksal.«
Klick
Klack
Störrisch.
»Schicksal ist nur ein anderer Name für Zufall.«
»Also gut, wenn dir zwei Irre zu viel sind: Vielleicht gibt's dich gar nicht.«
»Oder dich.«
»Oder mich.«
Klick

Klack
»Das heißt: Einer von uns liegt im Koma und bildet sich alles ein.«
»Ich nicht. Mein Arm holt mich inzwischen aus jedem Koma.«
»Dann eben ich ...«
»Erklär mir mal eins: Wenn *du* im Koma bist, warum hab *ich* dann die Schmerzen?«
»In meinem Koma erzählst du mir nur davon. Die Schmerzen gibt's für mich gar nicht.«
»Können wir dann mal tauschen?«
Klick
Klack
Rhythmus bleibt.
»Also gut, du hast recht: Du bist schon mal nicht im Koma.«
»Du auch nicht.«
»Weil?«
»Warum laufen wir überhaupt hier im Dunkeln herum? In deinem Koma könnten wir genauso sitzen bleiben.«
»Ich weiß doch dann nicht, dass ich im Koma bin.«
»Jaja, ein Koma denkt sich vielleicht das Laufen aus. Oder absurde Bahnhöfe. Aber keine Schuhe.«
Möglich.
»Okay: kein Koma. Aber was dann?«
»Zwei müde Arschlöcher auf einer Strecke mit irre wenig Betrieb.«
»Noch so 'ne Sache. Warum fährt hier nichts?«

»Warum sollte hier wer fahren? Die einzigen Leute, die man mitnehmen könnte, gehen zu Fuß.«
»Gut, alles, was ich mir denke, ist Unsinn. Aber wie erklärst *du* dir das alles?«
»Ich erklär mir gar nichts.«
»Willst du denn nicht verstehen, was hier los ist?«
»Ich denk mir inzwischen: Hier gibt's nichts zu verstehen.«
»Wie praktisch. Das heißt?«
»Das heißt: Manchmal tritt man halt in Scheiße.«
»Aha. Und was sollen wir dann tun?«
»Weiß nicht. Was man halt so macht.«
»Man geht zum Randstein. Oder in eine Wiese. Und wischt es ab.«
»Genau.«
Hä?
»Was heißt da ›genau‹? Was lernen wir daraus?«
»Weiß nicht. Dass man besser nicht reintritt.«
»Das wusste ich vorher auch schon.«
»Mann, dann lernst du halt nichts.« Stöhnen.
»Wer sagt denn, dass man immer aus allem was lernen kann? Das Leben ist doch nicht die Fortbildungsmaßnahme vom lieben Gott!«
»Aber es ist ein Spaziergang durch Scheißhaufen oder was?«
»AHhhhhhhh!! Von meinem Standpunkt aus trifft's das ziemlich genau.«
»Und wir sollen zu einem Randstein gehen. Oder zu einer Wiese?«

»Mach, was du willst.«
»Ich will dir mal was sagen: Egal, ob Randstein oder Wiese – trotzdem bleibt Scheiße dran.«
»So ist das halt.«
Hörbar gereizt. Tablettenmangel.
»Und das ist deine Erklärung?«
»Ich hab nie gesagt, dass ich eine Erklärung hab.«
»Toll.«
Jetzt: selbst gereizt.
Nicht gut fürs Team.
»Gut, ich hab vielleicht keine Hammer-Erklärung. Aber sag mir mal eins: Ich bin schon mal in Scheiße getreten. Du bist schon in Scheiße getreten. Richtig so weit?«
Blöde Frage.
»Und Randstein und Wiese haben nicht geholfen. Auch richtig?«
Eben.
»Aber trotzdem hat doch grade keiner von uns Scheiße am Schuh.«
»Und wie lautet jetzt die Frage?«
»Na: Wo ist die Scheiße hin?«
»Phh. Irgendwann ist sie halt wieder weg.«
»Siehste.«
Klack
Klick
»Kannst du mir dann mal verrat – UMFF!!!«
Läuft voll rein.
»AUUUHH!«

Tasten.
Ärmel. Halten. Fest
Aber gesunden Arm!
Schwer. Schon halb umgekippt.
Festhalten. Nur ein Arm.
»Hab dich!«
Vier Füße suchen Halt.
Gefunden.
»Geht's?«
»AUU!«
Zieht sich hoch. »Ja, ja ... geht schon! Ahhh, Mann!!
Du kannst doch nicht einfach stehen bleiben!«
»Sorry.«
»Mach doch wenigstens vorher dein Licht an!«
»Tut mir leid! Echt!«
Klickt.
Klackert.
Steht wieder sicherer.
Warm.
Riecht leicht nach Tabak.
Mehr nach Tabak, kaum nach Rauch.
Angenehm.
Richtet sich auf. Macht Schritt zurück.
»Nicht!«
Rausgerutscht.
Stimmt aber.
»Bleib mal so.«
Tasten.
Heile Hand am heilen Arm.

Warm. Trocken.
Kein weiterer Schritt zurück.
Steht.
Zieht Hand nicht weg.
»Nur kurz.«
Nicht dass er denkt ...
»Oder macht's dir was aus?«
»Nee, schon okay ...«
Arme um sie wären schön.
Hat nur einen.
Hand nicht loslassen.
Eben ohne Arm.
Sein Kinn an der Stirn.
Drückt mit dem Kopf. Sacht. »Ich meine ... du bist mir auf jeden Fall lieber als ... Schuhe. Oder was sonst hier so rumläuft ...«
Gut. Noch ein bisschen.
Im Dunkel.
Vertraut.
Nichts denken. Nichts denken.
Aufgehobensein.
Nur mal kurz.
Nur kurz.
Okay.
Dann mal wieder los.
Loslassen.
Aber jetzt: seine Hand.
Greift.
»Moment noch ...«

Drückt fest.
Tiefes Einatmen.
Dann auch von ihm: »Okay.«

— — —

Augen schon zu?
Augen offen.
Sieht man nicht.
Spürt: Noch wach.
Wie lang?
Zu viel Alanis.
Klick
Klack
Schwarz.
Schwarzgrau.
Schwarzgrau?
Stehen, nein –
Stehen und warnen: »Vorsicht.«
Stille.
Durchzug, sonst Stille.
»Merkst du was?«
»Sag's einfach!«
»Vielleicht bild ich's mir ja nur ein.«
»Was denn?«
»Mir kommt's vor, als wär's hinter uns Schwarz.
Aber vor uns Dunkelgrau.«
Keine Reaktion.
Wenn's stimmt, merkt man's.

Schnellerer Schritt.
Klick-Klack
Klick-Klack
Let's dance!
Put on your red shoes and dance the blues.
Strukturen unterscheidbar.
Links rechts Wand glatt, unten Schotterklötzchen.
Klick-Klack
Parallele.
Gleise leiten Licht.
Tunnelwand glänzt.
Lichtschlitz.
Klick-Klack
Tunnel öffnet.
Bahnsteig.
Handy. Uhr.
Gut!!
Handy zeigen: »'ne halbe Stunde. Etwas mehr!«
»Drei Kilometer?«
»Weniger. Bestimmt. Du bist verletzt. Und hier läuft man schlecht.«
»Dann sind's vielleicht zwei. Oder weniger.«
»Ganz okay, oder?«
Beginn Bahnsteiginsel.
Treppe für ihn? Check.
Stufen.
Hoch.
Sein Gesicht: fahl. Am Ende.
Dreht Arm weg.

Angst vor Berührung.
Mach schon, mach schon!
Nicht drängeln.
Personaltürchen.
Gibt's Irre?
Sieht leer aus.
Schilder! Schilder!
Keine Schilder.
Schon wieder.
Blick zu ihm.
Achselzucken. Keine Reaktion sonst.
Bahnhof wie alle Bahnhöfe.
Aber keine Schilder.
Er: auf Sitzbank.
Fertig. Völlig.
Infokästen!
Ohne Info. Wieder.
Sie befinden sich –
Auf diesem Plan.
Egal. Auch sitzen.
Neben ihm.
Kein Stationsschild.
Nicht aufgeben.
Kein Stationsschild.
Wieder.
Muss nichts heißen.
Muss gar nichts heißen!
Wie gelähmt.
Er sicher auch.

Jetzt Zuversicht zeigen: »Das bedeutet überhaupt nichts!«
Dämlicher Satz. Zuversicht: null.
»Ich hab ja auch nichts gesagt.«
»Aber gedacht.«
»Wenn schon. Der hier muss ja nicht automatisch genau so sein wie der andere.«
»Wie viele davon können die bauen??«
»Schau: Es gibt hier keine Irren. Die Entfernung zum letzten war ganz normal. Vielleicht werden die Schilder nur gereinigt.«
»Ich werde es nicht rausfinden! Ich mach mich nicht noch mal zum Deppen. Du hast das nicht erlebt! Das sieht alles so entsetzlich normal aus.«
Sagt nichts.
Sieht nicht aus, als käme er schnell hoch.
Nein. Nicht noch mal.
Nicht noch mal!
»Das ist wie ein Zimmer ohne Tür. Jede Wand für sich: normal. Alle zusammen: völlig sinnlos. Du weißt nicht mal, wie man reinkommt. Aber du bist drin!«
»Ich hab's begriffen. *Ich* gehe.«
Blass. So blass.
Das wird nie was.
»Lass mir nur noch ein bisschen Zeit.«
Schwachsinn.
Sieht man sofort.
»Lenkt ja auch irgendwie ab. Und ich brauch den Arzt eh dringender.«

Nicht dringend. Ziemlich sofort.
Ein Wunder, dass er den Gleismarsch gepackt hat.
»Was soll schon passieren? Lass mir nur kurz ...«
Bringt nichts. Packt er nicht. Selber aufstehen.
»Was machst jetzt du?«
»*Ich* gehe.«
»Du musst wirklich nicht ... Ich bin gleich so weit ...«
»Bist du nicht. Du bleibst hier und passt auf.«
»Auf was denn?«
»Vielleicht ist da ja wer.«
»Stimmt ja. Und das wollen wir doch nicht, oder?«
Gute Frage. »Du weißt schon, wie ich's meine.«
Zwei Schritte.
Schmerz in den Hüften.
Zu viel Gehen im Gleisbett.
Kleinere Schritte.
Okay.
Ist nichts dabei.
Ganz gründlich.
Ganz systematisch.
Immer an der Wand lang, immer an der Wand lang.
Alles absuchen.
Rolltreppe rauf?
Lieber noch nicht.
Nicht gleich oben anfangen.
Vorbereiten.
Erst mal unten absuchen.
Erst mal unten.

Vielleicht Geheimtür oder Reservetür oder Glückstür oder so.
Weiß man nie.
Noch nicht hoch. Nachher, nachher.
Erst unten.
Erst die Fliesenwände.
Stahltür: zu.
Personal. Hochspannung. Irgendwas.
Alles abklopfen.
Wände: massiv.
Stahltür: massiv.
Infokästen.
Werbung.
Durchgang.
Übergang zum Gleis in Gegenrichtung.
Zeitverschwendung: Was soll da sein?
Mehr Sinn: Rolltreppe rauf
Tief Luft.
Erwachsen: Rolltreppe rauf.
Erwachsen: Hinter sich bringen.
Aber Zimmer ohne Tür.
Zimmer ohne Tür!
Erwachsen: später.
Auch erwachsen: ganz systematisch.
Erst unten, dann oben.
Nur vernünftig. Vernünftig ist auch erwachsen.
Sogar sehr erwachsen.
Nicht Angst, sondern: vernünftig.
~~Unten: sicher.~~

Unten: Vernünftig! *Vernünftig!*
Rolltreppe später. Jetzt nicht.
Infokasten.
Gegengleis. Ganz gründlich.
Auch die Ecken abgehen.
Putzbrösel am Boden.
Maroder Zustand.
Elend mit ÖPNV.
Wieso Putzbrösel?
Putzbröselputzbrösel.
Zustand.
Nicht an die Wand
Putz-Brösel-Fliesen.
Nicht hochsehen!
Putzbröselfliesen nicht hochsehen.
Putzbröselfliesen nicht hochsehen. Putzbröselfliesen nicht hochsehen. Putzbröselfliesen nicht hochsehen. Putzbröselfliesen nicht hochsehen. Putzbröselfliesen nicht hochsehen. Putzbröselfliesen nicht hochsehen.
PutzbröselfliesennichthochsehenPutzbröselfliesenni
chthochsehenPutzbröselfliesennichthochsehenPutzb
röselfliesennichthochsehenPutzbröselfliesennichthochs
ehenPutzbröselfliesennichthochsehenPutzbröselfliesen
nichthochsehenPutzbröselfliesennichthochsehenPutzbr
öselfliesennichthochsehenPutzbröselfliesennichthochse
henPutzbröselfliesennichthochsehenPutzbröselfliesennicht
hochsehenPutzbröselfliesennichthochsehenPutzbröselflies
ennichthochsehenPutzbröselfliesennichthochsehenPutzbrö
selfliesennichthochsehenPutzbröselfliesennichthochsehen
PutzbröselfliesennichthochsehenPutzbröselfliesennichthochsehen

Wir werden

erwartet

Blick

nach

rechts

zur

Bank

Dreckskoffer

Zwei Coke.
Halb leer.
Benommen.
Schläft.
Halbe Rolle Schokoladenkeks.
Mal nach dem Arm sehen?
Wozu?
Sieht nicht aus wie gewünscht.
Keine Ahnung, was tun.
YouTube: Keine Vorschläge.
Keine für »Arm bei Tempo 70 zerschmettert«.
Keine für: »Hautschlauch mit Knochenmatsch«.
Blutvergiftung gegoogelt.
Wikipedia: Bezeichnung falsch.
Ursache: Infektion.
Abhilfe: nicht infizieren.
Idealer Verband: Handtuch und drei verschwitzte BHs
Nicht zu ändern.
Das war's.
Alles versucht.
Handy: Roter Bereich. Sechs Prozent.
Egal.
Anrufen?
Wen?
Wozu?
»Hilfe! Brauchen irgendwas! Sitzen irgendwo!«
Brauchen Bier.
Automat nur Softdrinks.

Termine morgen.
Absagen.
Wozu?
Grund erfinden.
Vertrösten.
Auf wann?
Handy: vier Prozent.
Absagen: womit?
Schlafen. Schlafen.
Warum nicht?
Sitze unmöglich.
Wie schläft er?
Erschöpft.
Boden zu kalt.
Dreckskoffer kippen.
Beine hochlegen.
Besser als nichts.
Morgen alles besser.
Morgen sieht alles anders aus.
Morgen wird –
U-Bahn.
Wie erkennt man Morgen in der U-Bahn?
Nicht kalt, nicht warm.
Nicht kalt.
Frau.
Frau am Bahnsteig.
ɘiƧ
Winkt.
Sanfte Geste.

Freundlich.
Wärme.
Nicht aggressiv.
Nicht verzweifelt.
Hebt Decke.
Kuschelig.
Mikrofaser superweich.
Zu ihr.
Aber so langsam.
Jeder Schritt schwer, so schwer.
Decke, warm, zu Hause.
Schuhe versinken, Bahnsteig weich.
So mühsam.
Decke schon bereit: ɘiƧ klopft einladend, flache Hand.
Wie: Picknick.
So freundlich.
Platz nehmen. Ausruhen.
Und ɘiƧ: »Entschuldigen Sie die verminderten Umstände.«
»Ich weiß. Scharnieren wir schon?«
Nuschelt Antwort.
ɘiƧ lächelt.
Trotzdem unverständlich: »Was sagst du?«
Decke jetzt hart.
Kreuzschmerzen.
Augen auf.
Augen verklebt.
Hell.

Stille.
Sitzlehne drückt.
Kreuzweh echt.
Beine auf Dreckskoffer.
Überstreckt. Runter.
Blick zu ihm.
Schläft.
Blass.
Atem ruhig.
Stille. Trotzdem:
Verändert.
Bahnhof anders.
Bahnhof – kleiner?
Enger?
Bahnsteig – enger?
Gleis. Anders.
Gleis weg.
Verdeckt.
Von U-Bahn.
Waggons dunkel.
Türen zu.
Aufrichten.
Kreuzschmerzen.
U-Bahn: Licht an.
Leer.
Durch die Scheibe: andere Seite.
Fenster eingeschlagen.
Bewegung.
Wacht auf.

Stöhnt.
Sieht Änderung.
Sieht U-Bahn.
Richtet sich auf.
Bahnsteig leer.
Kein Mensch.
Kein Fahrer.
Türen auf.
Stille.
Aufstehen.
Zum Automat.
1,50
E4
KLOMPP
Bocca della verità.
1,50
E4
KLOMPP
Bocca della verità.
Hand noch dran.
Zu ihm.
Flasche in die Hand.
Aufhelfen.
Winkt ab.
Schafft's allein.
Zeigt.
Dreckskoffer.
Richtig.
Auf die Räder stellen.

Quietscht.
Einsteigen.
Vierersitz.
Türsignal.
Bitte zurücktreten.
Türen zu.
Abfahrt.

— — —

Tunnel.
Dunkel.
Fahrt unruhig.
Schneller.
Langsamer.
Kurven.
Koffer rollt mit.
Quietschquietschquietsch*boff*!
Quietschquietschquietsch*boff*!
Egal.
Blick zu ihm.
Verkrümmt.
Doppelsitz.
Schlafversuch.
Schlaf statt Tabletten.
Schneller.
Quietschquietschquietsch*boff*!
Flasche leer.

Flasche hinterher.
Rollrollroll*plock*.
Alle Plakate gelesen.
Alle Tunnel gesehen.
Alle Geräusche gehört.
Gedanke an Schwanger.
Langsamer.
Rollrollroll*plock*.
Quietschquietschquietsch*boff*!
Muster im Sitzstoff.
Liniendenken.
Verbinden.
Schon morgen?
Schon übermorgen?
Handy aus Uhrzeit aus.
Rollrollroll...
Quietschquietschquietsch...
BOFF!
PLOCK!
Lauter.
Deutlich lauter.
Schneller.
Als bisher.
Viel.
Vibration.
Koffer vibriert.
Brummt.
Nicht gut.
Zu schnell, oder?

Nicht gut.
Blick zu ihm.
Wach.
Kopf oben. Verwirrt.
Fahrtwind.
Sehr laut.
Zu laut.
Zu schnell.
Aufstehen.
Zu ihm.
Ratlos.
Sitzen.
Zu laut.
Zu schnell.
Koffer brummt.
Koffer dröhnt.
Heile Hand.
Halten.
Immer noch: laut.
Lauter.
Heller.
Tunnelschwarz.
Tunnelgrau.
SO LAUT!
Ohren.
LAUT
Tunnelgrau hellgrau
LAUT
Licht

LAUT
Tunnel wie ausgestrahlt
LAUT
HELL
LAUT
WEISS
HELL
LICHT
Hand fest
LAUT
GRELL
WEISS
LAUT
HAND
HAND

LAUT

HAND

LICHT

HAND
WIND
KOFFER
HAND FEST
HALT
MICH

CHT

Bahnsteig.
Einfahrt.
Bremst.
Leute.
Nicht viele.
Mehr als drei.
Niemand schwanger.
Müde Gesichter.
Wohl früh.
Blick zu ihm.
Achsel zuckt.
Aufstehen.
Zur Tür.
Aufstehen.
Helfen.
Schafft es allein.
Koffer.
Rausschauen.
Schauen rein.
Langsamer.
Hält.
Türen auf.
Blicke aus dem Wagen.
Blicke in den Wagen.
Schauen irritiert.
Schauen seltsam.
Selber seltsam.
Raus.
Koffer quietscht.

Zur Rolltreppe.
Gemurmel.
Egal.
Rolltreppe.
Duschenschlafen
»He!«
Duschenschlafenschluss.
»He!! Sie!! Sie beide!! Hallo!«
Blick zurück.
Fahrer.
»Sie! Was ist denn mit dem Wagen passiert?«
»Das müssen doch Sie am besten wissen!«
»Ich weiß, dass ich vor genau 24 Minuten mit einem tadellosen Zug aus dem Depot gefahren bin. Und noch bis Hauptbahnhof hat sich keiner beschwert, dass unsere Waggons keine Fenster mehr haben.«
Blick zu ihm.
Blick zurück.
Uneindeutig.
»Und? Was ist?«
»Sehen Sie, der Mann hier ... er braucht dringend einen Arzt.«
»Erst sagen Sie mir, was da los war!«
Blick zu ihm.
Blick zurück.
Und dann er.
»Es war ... das war eine ganz blöde Wette.«
Es war was??
»Wir machen auch kein Gedöns oder so, aber ich

muss echt schnell zu einem Arzt. Ich lass Ihnen meinen Perso da, alles ...«
»Aber du ...«
»Schon klar, das war Sachbeschädigung, aber die Frau hat damit nichts zu tun ... Ich wollte ihr halt was beweisen ...«
»Du ...«
»Das zahlen meine Eltern, das geht schon okay ... das trifft keine armen Leute ...«
Blick zu ihm.
Blick zurück: »Oder willst du dir irgendeine Geschichte ausdenken?«
Aber man muss doch ...
Aber man soll ...
Aber man darf doch nicht einfach ...
Fahrer wirkt beschwichtigt.
Satz mit Perso war gut.
»Und den Ausweis der Dame, den bekomm ich auch ...?«
Das Ganze einfach auf sich beruhen lassen??
»Bitte, du, ich brauch meinen Arm noch ...«
Aber ...
Der Arm.
Klar.
»Ja.«
»Ja, was?«
»Ja. Eine Wette. Das war eine Wette. Ich habe keine Ahnung, was ihn da geritten hat.«
Rucksack.

Ausweis, Ausweis ...
Da ist er.
»Wenn Sie die Polizei brauchen, ich kann gerne dableiben, aber er muss wirklich in die Klinik.«
»Das glaub ich gern, das sieht ja nicht gut aus ... Ich ruf einen Notarzt ... Was haben Sie denn da zusammengeknotet.«
»AU! Nicht anfassen!«
»Ja, Olli? Wir brauchen einen Notarzt in die Getrudenallee. Ein Verletzter, Arm total zertrümmert. Und wir müssen einen Waggon komplett austauschen. Der zweite ist es, müsste die 3014 sein ...«
»Die 19354 ...«
»... nein, hör nicht hin, das war der Verletzte, der ist sauber beieinander, nein, der 14er isses, ich hab's vorhin selber eingetragen. Macht ihr dann die Durchsage, oder soll ich ...? Also gut, ihr meldet euch ... bis später ...«
Fahrer wirkt zufrieden.
»Arzt kommt gleich ... Ich glaub, das geht ohne Polizei ... Setzen Sie sich da drüben mal hin, das kriegen wir schon gedeichselt. Ich hab einen Sohn in Ihrem Alter, der macht diesen neuen Sport, Parkett, ich sag's Ihnen, ich bin jeden Morgen froh, wenn er noch lebt.«
Stützt ihn.
Ganz nett.
»Wissen Sie, das ist ein komischer Zufall: Weil heute

Nacht, da haben zwei Spinner die Zentrale total verrückt gemacht, und Sie kommen nicht drauf, was die erzählt haben ...«

»Von einem kaputten Fenster.«

»Genau! Woher wissen Sie ... ach so, klar, das hat man sich ja denken können ...«

— — —

Taxi hält.

Zehn Euro.

Macht zwölf.

Holt dafür Koffer aus Kofferraum.

»Schönen Morgen!«

Steigt ein.

Diesel brummt auf, verschwindet in der Nacht.

Verschwindet im Morgen.

Lichtstreifen am Himmel.

Erstes Zwitschern.

Koffer.

Zur Haustür.

Briefkästen.

Hand unten entlang.

Rückwand abtasten.

Klebeband.

Schlüssel.

Öffnen.

Dunkler Flur.

Licht an.

An!

AN!!
War ja klar.
Koffer ins Treppenhaus.
Dunkel.
Lichtschlitz am Boden.
Lift.
Tür auf.
Stille.
Helles Rechteck.
Treppenhausdunkel.
Aufzug.
Fünfter Stock.
Aufzug.
Schließt sich nicht.
Steht.
Leuchtet.
Wartet.
Fünfter Stock.
Wartet.
Come in and find out.
Diesmal nicht.

— — —

Ächzen.
Quietschen.
Stufe
um Stufe
um Stufe.
Dunkel.

Klunk

Klunk

Klunk

Klunk

Klunk

Als ob man einen Vierjährigen hinter sich hochzieht.